Stefan Kalbers

Notausgang

UNSICHTBAR
VERLAG

Stefan Kalbers
Notausgang

Impressum

1. Auflage September 2013

Titelbild und Covergestaltung: © Frank Dietrich und Ulrike Seeber
Lektorat: Christian Ritter
Satz: Fred Uhde (www.buch-satz-illustration.de)

ISBN: 978-3-942920-29-2

Hat Dir das Buch gefallen? Schreib uns Deine Meinung unter:
info@unsichtbar-verlag.de
Mehr Infos jederzeit im Web unter www.unsichtbar-verlag.de

Unsichtbar Verlag | Wellenburger Str. 1 | 86420 Diedorf

Die Fähigkeit, mit relativen Wahrheiten zu leben, mit Fragen, auf die es keine Antworten gibt, mit dem Wissen, nichts zu wissen, und mit den paradoxen Ungewißheiten der Existenz, ist das Wesen menschlicher Reife und der daraus folgenden Toleranz für andere.
Wo diese Fähigkeit fehlt, werden wir, ohne es zu wissen (…) das Leben von Schafen leben, dumpf und verantwortungslos und nur gelegentlich durch den beizenden Rauch einer prächtigen Ketzerverbrennung oder den Schloten von Lagerkrematorien unseres Atems beraubt.

Frei nach Paul Watzlawick:
Wie wirklich ist die Wirklichkeit?

Ein verlorener Abend

Vereinbarte Uhrzeiten sind nichts wert. Über eine Stunde nach der abgesprochenen Zeit klingelt es an meiner Türe. Ich stehe vor meinem einzigen, kleinen Tisch und bin dabei, ihn frei zu räumen. Ich brauche Platz. Kaffeebecher, verkrümelte Teller, benutzte Messer und Löffel; das Geschirr stapelt sich auf unsicherem Fundament in die Höhe. Einen Teil davon habe ich bereits auf den Boden umgeschichtet. Ich steige vorsichtig über eine Pfanne, die mit Wasser gefüllt ist, damit die Eireste nicht festkleben, gehe aus dem Zimmer durch den Kellergang und öffne die niedrige, grüne Holztüre. In der Dämmerung des Sommerabends steht Falk und grinst breit: »Hey.«

Auf der Straße höre ich schon von weitem die Musik aus Nicks Auto. Beim Einsteigen kommt mir ein Nebel aus Rauch entgegen, vermischt mit dem Geruch von altem, abgenutztemLeder, auf dem Bier verschüttet wurde. Wie immer sind die Beine kaum vor der Rückbank unterzukriegen, und man sitzt auf unzähligen Kassettendeckeln, während die Füße bei jeder Bewegung an Flaschen und Dosen stoßen. Die meisten davon sind leer. Manchmal dachte ich schon daran, sie mit Datum zu beschriften, um mich an bestimmte Abende zu erinnern und die Zeit vergehen zu sehen. Ich sinnierte dabei über einen unbestimmten Abend in der Zukunft. Nick würde mich um eine leere Flasche bitten, die er als Aschenbecher benutzten wollte. Dann würde ich ihm eine nach vorne reichen und sagen: »Schau mal, die ist vom letzten Jahr. Das war ein verdammt guter Jahrgang.«

Nick lenkt den Wagen schnell und unsicher. Von fünf Fahrten fährt er eine nüchtern. Anschnallen ist bei ihm grundsätzlich verboten. Seiner Theorie zufolge sind Unfälle, bei denen man sich im Gurt verheddert und schwer zu retten ist, viel gefährlicher als alles andere. Wir reißen das erste Sixpack auf. Es ist ein angenehmer Sommerabend. Die Hitze des Tages hat sich verflüchtigt, zieht sich in immer länger werdende Schatten zurück, und es wird zunehmend dunkler und erträglicher. In mir pulsiert das Blut des Lebens, was heißen soll, dass eine unbestimmte Freude sich meiner bemächtigt hat, eine Erregung, ein Tatendrang, eine Lust, hineinzutauchen in die kommende Nacht. Wir sind junge Götter auf dem Gipfel der Freiheit. Da Nicks Auto kein Radio hat, habe ich einen Rekorder auf meinen Knien, der so lange spielen muss, bis ihm der Saft ausgeht. Der Lautstärkeregler hat einen Wackelkontakt und reagiert nur auf Extremwerte, und so geht ihm oft und schnell der Saft aus. Eigentlich gehört er Falk, aber inzwischen liegt er nur noch im Auto. Ich nippe an der Flasche und denke mir: Hier bin ich wieder.

Nick kenne ich erst seit ein paar Monaten. Falk hat ihn auf einem Konzert kennen gelernt. Die beiden waren die einzigen Anwesenden, die auf dem Tresen getanzt hatten, da kommt man ins Gespräch. Seine langen, blonden Haare flattern im Wind der offenen Fensterscheibe. Nach unten hin werden sie immer dünner und zerzauster. Sie sind dezent ungepflegt, aber auf die erreichte Länge legt Nick den größten Wert. Künstlich erhitzte Luft ist der Feind jeden gesunden Haars. Aus diesem Grund haben seine Haare noch niemals einen Fön gesehen. Sie werden ausschließlich an der Luft getrocknet. Und das ist nur einer von zahllosen

Gründe, um über eine Stunde zu spät zu kommen. Sein breites Gesicht sieht aus, als sei es unter eine Walze geraten. Irgendwie einem Pfannkuchen ähnlich. Er bemerkt, dass ich ihn fixiere, und unsere Augen treffen sich im Rückspiegel. »Was?«, schreit er gegen den Fahrtwind, aber darauf gibt es nichts zu sagen. Falk hingegen kenne ich seit Sandkastentagen. Die Legende besagt, dass er mir eine meiner zwei Schaufeln weggenommen hat, woraufhin ich ihm die andere so lange auf den Kopf schlug, bis seine Mutter eingriff. Man kann sagen, dass wir zusammen aufgewachsen sind. Jedenfalls ist er der Mensch, den ich am längsten kenne, was nicht unbedingt heißen muss, dass ich ihn wirklich gut kenne. Jeder von uns hat ein Elternhaus, das er meidet, so gut es geht. Seine Familie ist sogar im Besitz eines offiziellen Wappens, das er eines Nachts, als er betrunken nach Hause kam, versehentlich von der Wand riss. Es gibt so viele Punkte, weswegen man sich mit Eltern zerstreiten kann. Die Gräben in den Ansichten sind tief und scheinen unüberwindbar.

Der erste Schluck Bier schmeckt immer anders als die anderen. Meistens bitterer. man gewöhnt sich schnell daran, dabei sind Nulldreifläschchen ohnehin eine Frechheit. Die Lichter über den Straßen weisen uns den Weg in die Stadt, und an den Ampeln schauen wir blöde in andere Autos hinein, aus denen fremde Gesichter blöde zurück schauen, und jeder denkt sich seinen Teil. Wir schweigen. Die Musik johlt vor sich hin. Manchmal könnte man meinen, wir seien die letzten Verfechter handgemachter Gitarrenmusik und damit vom Aussterben bedroht. Auch der zweite Schluck schmeckt heute bitterer als sonst. Die Art und Weise, wie Falk raucht und zum Fenster hinaussieht, wie er die Asche abklopft, macht einen angestrengten Eindruck. Auch Nick hat etwas Mechanisches an sich. Seine linke Hand am Steuer verkrampft sich jedes Mal, wenn er aus der Flasche in seiner rechten trinkt. Irgendetwas stimmte heute nicht. Was ist es? Ich versuche, es zu ignorieren. Es gibt Abende, die laufen wie von selbst, man braucht bloß aufzuspringen. Abende, an denen man drei Menschen hintereinander trifft, die man seit fünf Jahren nicht mehr gesehen hat. Abende, an denen einem die Bauchmuskeln vor Lachen schmerzen. Es gibt Abende, an denen wird Geschichte geschrieben. Das sind Nächte, in denen ich mich frage, wer, verdammt noch mal, wer hat sie inszeniert? Man möchte sich bedanken und weiß nicht, bei wem. Abende, die so schön sind, dass sie einem einen unheimlichen Geschmack auf die Zunge legen, der rötlich im Mund zerfließt. Dann gibt es Nächte, die der Zeit zäh und unlustig ihre Stunden abringen, sich dahin quälen oder einfach im Sand der Gewöhnlichkeit verrinnen. Die meisten sind so, gespickt mit kleinen Ereignissen, deren möglicher anekdotischer Charakter sich erst in der Zukunft offenbart. Selten passiert es, dass eine totale Umkehrung stattfindet. Zumeist an dem Punkt, an dem alle aufgegeben haben, noch irgendetwas zu erwarten. Man ist bereit, nach Hause zu gehen, gelangweilt, müde, leer. Dann plötzlich geschieht irgendetwas, eine belanglose Kleinigkeit, und eine Möglichkeit tut sich auf, wie ein Tor, das man nicht gesehen hat, weil man zu dicht davor stand.

Wir können uns nicht einigen, wohin wir gehen wollen. Um diese Stunde des Abends sind die meisten Örtlichkeiten schlichtweg überfüllt. Nick fährt in eine Seitenstraße. Vor einem Wasserhydranten kommen wir zum Stehen, Nick schaltet den Motor ab. Die Musik ist aus, und diesmal macht sich wirkliche Stille breit.

»Und?«, fragt Nick.

»Was, und? Du kennst diese Stadt genauso gut wie wir.«

Wir gehen sämtliche Läden durch, die uns einfallen, aber entweder waren wir in letzter Zeit schon zu oft dort, oder sie sind garantiert zum Bersten voll. Oder so weit weg, dass der Anfahrtsweg durch nichts zu rechtfertigen ist. Ich schaue vom Rücksitz des Wagens nach draußen. Hinter uns fahren hin und wieder Autos vorbei, alle auf der Suche nach einem risikofreien Abstellplatz. Ein Pärchen läuft Arm in Arm vor einer Reihe von Schaufenstern entlang und redet aufeinander ein, wobei er immer wieder laut auflacht. Es ist ein dämliches Lachen. Ein Lachen, das von Beschränktheit zeugt und von unerschütterlichem Glauben an die eigene Dummheit. Er läuft herum wie ein Gorilla in freier Wildbahn, sie hat diesen Schäfchenblick drauf und kaut Kaugummi. Das Klappern ihrer Absätze hallt in die Dummheit hinein, die sie ausströmen. Sie entfernen sich, biegen um die Ecke und verblassen. Die Welt ist voll von Menschen, bei denen ich froh bin, sie niemals kennen gelernt zu haben.

Wir einigen uns auf ein Studentenwohnheim, in dessen fünfzehntem Stockwerk, ganz oben, eine inoffizielle Kneipe mit großer Dachterrasse betrieben wird. Oftmals ist es ein Theater, überhaupt reingelassen zu werden. Ein Schild weist bereits im Erdgeschoß darauf hin, dass hier nur Bewohner und gute Freunde des Hauses Zutritt haben, und wir haben nicht immer unsere schlecht gefälschten Studentenausweise dabei. Der verschlafene Wildlederjackenträger hinter der provisorisch aufgestellten Kasse schaut uns mit einem missbilligenden Blick an, der besagt: *Ich weiß ganz genau, dass ihr keine Studenten seid.* Doch es ist Sommer. Das Sommerloch ist da, viele Leute haben die Stadt verlassen. Man ist froh, ein paar zahlungskräftige Gäste ausnehmen zu können. Wir grüßen freundlich und sind drin. Vielleicht hat man uns auch als Freunde des Hauses wieder erkannt. Ich glaube, ich war vor zwei Jahren schon mal da.

Die Räumlichkeit selbst erinnert an eine große Wohnung, wobei sämtliche Innenwände einfach herausgehauen wurden. Dementsprechend gibt es auch nur eine Zellentoilette für alle. Sie sieht mit ihrem abgeblätterten Putz, den Graffiti und Aufklebern, dem zerbrochenen Sitzring und den Pissepfützen auf dem Boden, in denen sich Kippenstummel und benutzte Kondome sammeln, sehr lustig aus. Jedenfalls bis zu dem Moment, wo man sie tatsächlich dringend braucht. Die Toilette ist grundsätzlich belegt und vor ihr befindet sich eine permanente Schlange. Die Leute hören dann alle zu, wie man den Hosenladen runterzieht oder ob man Klopapier benutzt. Ich habe den Eindruck, viele tummeln sich absichtlich davor herum, damit sie die Lage einschätzen können, wenn die Blase drückt.

Es gibt eine große Theke, der linke Teil ist fürs Ordinäre reserviert, der rechte für aufwendige Longdrinks, wobei ich mich nicht erinnern kann, diesen Teil jemals geöffnet gesehen zu haben. Der übrige Raum wird durch Tische und Stühle unterteilt, irgendjemand hat ein paar Lampions an die Decke gehängt. Im Ganzen macht es einen improvisierten Eindruck, aber es hat seinen eigenen Charme. Nick scheint ein bekanntes Gesicht entdeckt zu haben, auf das er zusteuert. Falk und ich gehen auf die Terrasse hinaus und nehmen auf zwei Stühlen Platz, die scheinbar nur auf uns gewartet haben. Ich schaue von hier oben gern auf die Lichter der Stadt hinunter, betrachte die blinkenden Reklametafeln in der Innenstadt, die angestrahlten Banken, die dicht befahrenen Straßen. Und in der Ferne den Hauptbahnhof mit seinen Signalampeln und Hotels, davor ein leuchtender Schwarm von Taxis. Von hier oben wünscht man sich den ultimativen Stromausfall. Nach der Fahrt auf dem engen Rücksitz tut es gut, die Beine ausstrecken zu können, und ich gebe einen Seufzer des Wohlwollens von mir. Die Dachterrasse ist nur spärlich bevölkert. Recht so. Je weniger Leute da sind, umso besser. Die Musik dringt von innen leise an unsere Ohren, und wenn man will, kann man den anderen ungestört bei ihren Gesprächen zuhören oder sich selbst belauschen lassen. Von unseren Plätzen aus kann ich eines der angeschraubten Schilder lesen, die über die gesamte Brüstung verteilt angebracht wurden: »Bitte keine Gegenstände hinunterwerfen!« Von hier oben fliegt so ziemlich alles Erdenkliche in die Tiefe. Vor allem aber Flaschen, Becher, Taschentücher, Feuerzeuge, Zigarettenschachteln, manchmal auch Menschen. Fünfzehn Stockwerke, das lohnt sich einfach. Und wer nichts hinunterschmeißt, der spuckt wenigstens mal. Es ist noch gar nicht so lange her, dass jemand direkt auf die Motorhaube eines neuen Cabrios gefallen ist, durch die Holzüberdachungen der Abstellplätze hindurch. Es hat einige Tage gedauert, bis die Überdachung erneuert wurde, und das Loch mit den zersplitterten Rändern hinterließ eine gute Vorstellung von der Wucht eines solchen Aufpralls. Die Kneipe hier oben war zu dieser Zeit gut besucht.

Irgendwann fragt Falk: »Und, wie geht's?«

Meistens lachen wir über diese Frage, wenn wie sie bei anderen zu hören bekommen. Sie wird unter uns nie benutzt, ist eine der verachteten, oberflächlichen Floskeln, derer man sich nicht bedienen will. Durch diese ausgesprochene Regelwidrigkeit wird die Szenerie in ein unwirkliches Licht getaucht. Plötzlich komme ich mir vor wie in einem Film. Ich überlege mir, einfach aufzustehen und hineinzugehen. Aber das wäre wahrscheinlich zu viel der Theatralik. Es gibt keine Zuschauer. Wie geht es mir? Das führt zu Kopfweh oder zu einem Lachanfall. Wie geht es mir? Für den Bruchteil einer Sekunde hätte ich Lust, ihm eins in die Fresse zu hauen. Schweigen. Unwilliges, gedankenschweres Stillsitzen, bereit für den Absprung. Die Frage hängt noch immer in der Luft.

»Ich weiß es nicht.«

Er hat es gehört. Wir nehmen beide einen Schluck aus unseren Flaschen. Als ich bemerke, dass es zeitgleich geschieht, setze ich ab. Vielleicht ist das doch ein Film. Momentan schläft Falk bei einer seiner sporadischen Freundinnen. Ich weiß, dass er letzte Woche seinen Job als Lagerarbeiter gekündigt hat, ohne ersichtliche Begründung. Sechs Wochen muss er noch. Er hatte es beiläufig erwähnt, und keiner von uns hat etwas dazu gesagt. Was auch? Das ist unsere Art, miteinander umzugehen, und das ist in Ordnung. Wir hängen oft zusammen herum, und ich denke, es gibt vieles, was uns verbindet, aber es gibt auch eine unausgesprochene Grenze. Eine Distanz, die man als Loch oder Freiraum sehen kann. Manchmal scheint es, sie nehme zu, schleichend, und man kann nichts dagegen tun. Man entfernt sich von den Menschen, die einen umgeben, und tut so, als bemerke man nichts. Ich spiele den Ball zurück, frage: »Und wie geht's dir?«

Mehr als dämlich.

»Schlecht«, ist die Antwort.

Wir nehmen beide einen Schluck.

Eine weitere dunkle Sommernacht mit dem Arsch auf einem Holzstuhl und einem Bier in der Hand.

Lähmung

Ein neuer Morgen. Erzwungen durch ein schrilles Signal der Sklaverei. Ein Wecker erfordert Lebensbejahung. Aus der schwarzen Tiefe zieht es mich nach oben, ungewollt hineingeboren in einen neuen Tag. Mein Bett ist ein Spinnennetz der Bewusstlosigkeit, und klebrig hängt mein Lebenswille zwischen den Gezeiten. Die Decke umhüllt mich warm, und weich bettet das Kissen den Schädel. Bewegungsunfähig, gelähmt, aber glücklich, die Welt kann mich am Arsch lecken. Wer, frage ich, wer nimmt sich hier das Recht heraus, mich zu stören? Die schrillen Laute schwellen an, steigern sich dem Höhepunkt, der Explosion entgegen. Ich reiße die Augen auf, springe aus dem Bett. Ich warte auf den Schlag in die Magengrube, bin bereit zur Verteidigung, taumle, beinahe falle ich, öffne eine von meinen zusammengekniffenen Hirnzellen. Scheiße, scheiße, scheiße, du hast verschlafen, du hast wieder einmal verschlafen. Ich klatsche mir Wasser ins Gesicht, zerre meine Hose die Beine hoch, hacke mit den Füßen in die Schuhe hinein, stoße meine Arme in die Jackenärmel. Die Tür knallt zu, ich jogge los, blicke gehetzt auf die Uhr und bleibe stehen. Ich schaue um mich, kein Mensch ist auf den Straßen.

Die Sonne ist noch gar nicht aufgegangen. Ich blicke nochmals auf die Uhr, meine Augen beginnen zu brennen. Das gibt's nicht, ich kann es nicht fassen. Es ist mitten in der Nacht, außerdem muss ich heute gar nicht arbeiten. Das Grauen des Weckers hat mich mechanisch bis in die tiefsten Regionen des Schlafes verfolgt, mir seinen Schrecken vorgetäuscht, mich betrogen. So weit ist es also schon gekommen. Ich gehe zurück in mein Zimmer, ziehe mich wieder aus, lasse mich fallen. Weich empfängt mich die Matratze.

Das Haus ist groß und dunkel. Die Gänge sind sehr breit, und ich frage mich, wozu. Die einzelnen Stufen im Treppenhaus haben einen Abstand von fast einem Meter. Ich komme mir vor wie ein Zwerg. Etwas stimmt hier nicht. Mit riesigen Schritten steige ich auf und ab, erklettere sinnlos Stockwerke, hinauf bis in unglaubliche Höhen. Die Sonne, welche ich durch die Fenster sehen kann, glüht auf, in orange, in blutrot, verschwindet, bleibt versteckt, kündigt sich erneut behutsam an, geht auf ihren Posten und bescheint alle Organismen, auf dass die Photosynthese weiter ihren Gang gehen kann. So vergehen die Stunden und Tage, und ich erklimme Stufe um Stufe durch meine bestechungslose Strategie des beständigen Aufstiegs. Ich bin eine Schnecke, aber ich klettere. Dann endlich kommt die letzte Stufe, da ist die Türe, die zur Plattform führt, und auch diesmal, was will man erwarten, ist schon jemand hier gewesen. Es sind Menschen da, so viele Menschen, niemals wird einem ein Augenblick der Ruhe zugestanden. Sie haben Fotoapparate und gute Laune. Sie lutschen Eis und bestellen an der Aussichtstheke überteuerte Aussichtsgetränke, und das Leben ist schön, man kann sogar darüber sprechen. Ich habe kein Geld dabei, weiß nicht, womit ich bezahlen soll. Man muss sich alles erschwindeln können, man muss schauspielern und betrügen können, Lügen erzählen können. Ich gebe das Publikum, macht ihr alle den Clown. Die Leute sind langweilig, die Aussicht ist nach Hause gegangen. Beim Abstieg nehme ich den Lift, abwärts geht immer schneller. So viele Knöpfe mit so vielen Zahlen, drücken wir also unsere Glückskombination und blockieren für Monate den Aufzug. Ganz unten im Keller steige ich aus, stehe dann im Dunkel, ertaste den Lichtschalter und diagnostiziere die Kellertüre als öffnungsfähig. Vom Anblick der Gitterzellen bin ich überrascht und überwältigt. Käfige bleiben Käfige. Die Schere im Kopf ist das schlimmste Gefängnis von allen. Ohne meine Handschellen bin ich nackt, ohne den Strick um den Hals fühle ich mich vernachlässigt. Wer lässt mich leiden, wenn plötzlich alles in bester Ordnung ist? Mit Koks gefüllte Teddybären warten auf den Weg zum elektrischen Stuhl. Sie grüßen mich geduldig, halten mich für einen von ihnen. Ich bin kaputt. So kaputt.

Der Tag nach dem Suff. Was ich an ihm schätze, ist die Leere, die im ganzen Körper steckt. Träge bleiben die Knochen liegen, man weiß nicht, woran man denkt. Am besten, man denkt überhaupt nicht. Kein Appetit, kein Bedürfnis, nur der Wunsch, liegen bleiben zu dürfen und bei nächster Gelegenheit wieder einzuschlafen. Man öffnet die Augen, weiß nicht, wo man ist, wer man ist, begreift nicht, was man sieht. Versteht nicht, was um einen herum vorgeht. Blinzelt, die Sekunden, tick, verstreichen, tack, bis plötzlich das Bewusstsein wieder einsetzt. Leere im Kopf, ausgestopft mit Watte und Stroh, gelähmt, im Halbschlaf. Ich bin immer noch da, hurra, wie beruhigend. Ich liege im Bett. Schwärze kommt, mich nach Hause zu holen.

Der Krieg fördert die organisierte Kriminalität, und Kriminalität ist eine Form des Egoismus. Für mich gelten keine Gesetze. Ich hole mir, was ich haben will. Es ist Krieg, wir leben im Dschungel. Meine Gruppe ist aufgeflogen, man hat uns verraten. Drei schwarze Gestalten sind hier, und eine davon bin ich. Wir schreiten auf einen großen Platz, niemand ist zu sehen, aber man kann die Falle, den Hinterhalt riechen. Aus allen Ecken kommen sie gekrochen, im Namen der Gerechtigkeit, des Gesetzes und der Moral. Die öffentliche Meinung schlägt wieder zu. Das Sondereinsatzkommando hat die Beute erspäht. Meine Arme werden auf den Rücken gedreht, ein Knüppel kracht auf den Schädel nieder, das warme Blut in den Augen nimmt mir die Sicht, aber nicht die Angst. Die Handschellen klicken, gestoßen und gezerrt geht es auf eine Limousine zu. Links und rechts neben mir sind Unbekannte. Wo sind die anderen? Wer lässt hier wen im Stich, wer hat wen verraten? Du bist immer allein, du weißt von nichts, hast die Spielregeln nicht durchgelesen. Als ich im Auto sitze, stelle ich fest, dass man mich zu Privatleuten gesteckt hat. Neben mir sitzt eine Frau, die behauptet, meine gute Fee gewesen zu sein. Am Steuer sitzt ihre Mutter. Der Vater dreht sich um und lächelt milde. In diesem Lächeln lauert die Anklage. Die Mutter ist in keiner guten Verfassung, kann den Wagen kaum noch fahren. Die gute Fee neben mir eröffnet die Verteidigung, betont, dass ich kein Krimineller im eigentlichen Sinn sei. Die Fahrbahn löst sich immer mehr in ihre Bestandteile auf. Die Mutter hat das Licht nicht angeschaltet, und wir werden gerammt. Der Wagen wird aus der Kurve geschleudert. Ein dumpfer Schlag, dann ein lauter Knall, dann Stille. Ich bin der letzte Überlebende. Ich will raus hier, ich will weg hier … die Sonne.

Im Halbschlaf zeigt mir die Uhr, dass mehr als zwei Stunden vergangen sind. Ungefähr jetzt klingeln die Wecker der Nachbarn. Noch ein wenig Geduld und man kann den Gesprächen der Türen zuhören: Haustüren unterhalten sich mit Wohnungstüren, scheppernde Garagentore antworten den Fragen der zugeklatschten Wagentüren. Ich ziehe einen der beiden Vorhänge leicht zurück, so dass die

Morgensonne ihre Fühler ausstrecken kann. Sie tastet sich auch augenblicklich heran, in einem langen, dünnen Strahl berührt sie den Boden, das Stück Teppich und schließlich das Bett. Staubteilchen fliegen in Zeitlupe durch mein Zimmer. Noch immer steckt in mir dieses Gefühl, in einem Film zu sein. Irgendwie ist alles unecht, dabei wird sich solche Mühe gegeben. Es gab Sonnenaufgänge, in die ich direkt hinein geschwankt bin, um sie zu genießen, um mich in sie hineinzulegen. Es gab Nächte, in denen ich nicht mehr laufen konnte und deswegen sitzend in Telefonzellen geschlafen habe. Es gab Morgen, an denen ich an einer mir fremden Straßenbahnhaltestelle aufgewacht bin, Kilometer weit weg von zu Hause. Wer an einem solchen Morgen durch die Straßen geht, durch die Fußgängerzone, oder sich an den Rand einer belebten Kreuzung stellt, der sieht vielleicht etwas. Etwas, womit ich mich nie werde abfinden können.

Ich erinnere mich an den Morgen nach meiner ersten durchgemachten Nacht. Der Körper war ruhig gestellt, erledigt, die Augen brannten, aber mein Geist war hellwach, voller Leben und Freude. Die Nacht war dazu da gewesen, eine Art von Vergessenheit zu erzeugen, der man sich nur durch Schlaflosigkeit entziehen kann. Es war wie ein Gesetz, das für alle Menschen zu gelten schien, und wer nicht schlief, entfloh diesem Mechanismus. Die Welt nahm ihren Lauf, ohne Rücksicht darauf, was ich erlebt hatte, ob ich ausgeruht in den kommenden Tag gehen würde oder nicht. Zeit war auf einmal kein abstrakter Begriff mehr, sondern ein konkretes Gefühl. Die Erde kam mir unheimlich alt vor, und zum ersten Mal hatte ich an ihrem Alter teil. Die Menschheit mit ihrem erbärmlich kurzen Leben war noch offensichtlicher an diese Welt gekettet. Vergessen, man sollte vergessen. Wie immer, wenn ich im Glauben war, eine entscheidende Entdeckung gemacht zu haben, zogen Wellen von seltsamen Empfindungen durch meinen Körper und durch meinen Geist. Dieser Zustand hielt auch für einige Zeit an, aber letztendlich konnte ich aus dieser Erfahrung nichts machen, nichts mit ihr anstellen. Immer schien sie in eine andere Welt zu gehören, die ich nicht erreichen konnte, wann ich wollte, sondern zu der mir nur dann Einlass gewährt wurde, wenn mir das Schicksal gut gesonnen war. Von dort aus ließ sich nichts mit ins *Hier* nehmen, außer die Erinnerung daran. So dienten solche Erfahrungen nur der unnötigen Vermüllung meines Gedächtnisses. Aber etwas erleben und sich daran erinnern sind zwei verschiedene Ebenen. Und Erinnerungen verblassen schnell.

Jetzt beginnt die erste Schulstunde für die Schüler. Geht schön brav in die Klassenzimmer und lasst euch die Wahrheit eintrichtern. An der Tankstelle herrscht jetzt schon voller Arbeitsbetrieb, tausende von Idioten sind bereits auf den Straßen unterwegs, hunderttausende. Ich bleibe heute im Bett. Ich habe keine Lust, aufzustehen. Ich bin müde, so unendlich müde. Ich habe all das satt, ich bin es leid. Man verpasst doch nichts. Ich melde mich hiermit pflichtbewusst vom Tagesablauf ab und scheide für einen Tag vom Leben aus. Ich schaue der Sonne zu, wie sie quer durch den Fensterrahmen wandert. Ich warte, bis der Briefkasten klappert, stelle mir vor, wie all die Geschäfte öffnen, wie die arbeitende Bevölkerung ihre Mittagspause macht. Davon erschöpft, werde ich zwischendurch ein wenig schlafen. Schlafen und vergessen.

Hier und jetzt

Ich sitze in meinem Kellerloch. Hier wohne ich, lebe ich. Ein Bett, ein Tisch, ein Schrank, ein paar Bücher, ein paar Platten. Braucht man mehr? Hier unten ist es immer ein wenig dunkler als anderswo. Blick auf den Garten, der mir nicht gehört. Er trägt mir laue Sommerabende zu den kleinen Fenstern herein. Der Garten schenkt mir eine Sonne, die ich untergehen sehen kann, und die mich in die Nacht hineinhorchen lässt, das Rauschen der Blätter, der Duft des Herbstes. Hier lebe ich im Keller. Im Winter zu kalt, im Sommer angenehm. Ein paar Spinnen als Dauergäste, solange sie in ihren Ecken, an ihren Plätzen bleiben. Hier ist mein Zuhause.

Ich bin sehr froh, dieses Zimmer gefunden zu haben und bis auf Weiteres hier wohnen bleiben zu können. Ein ganzes Haus für drei Personen. Die alleinstehende Vermieterin und ihre zwölfjährige Tochter, über drei Stockwerke verteilt, und ich, ganz unten in meinem kleinen Zimmer. Davor ein winziger Verschlag, in den ich einen Kühlschrank gestellt habe. Im Kellergang gibt es eine Dusche und eine separate Toilette. Ein altes, weißes Waschbecken befindet sich hinter meiner Zimmertür. Nichts Aufregendes, aber es gehört mir, allein.

Ich bewohne dieses Zimmer seit gut zwei Jahren. Ich besitze kein Telefon, keinen Fernseher und kein Auto. Wenn ich telefonieren will, muss ich zur nächsten Zelle laufen und hoffen, dass sie funktioniert und nicht besetzt ist.

Mein Kleiderschrank wird nur zur Hälfte gebraucht. Die wenigen Klamotten sind dunkel und unauffällig. Bin ich deshalb bescheiden? Nein. Ich lege keinen Wert darauf, das ist alles. Materielle Dinge bedeuten mir nichts. Ich habe versucht, mein Leben in die Hand zu nehmen und die Vergangenheit, meine Herkunft hinter mir zu lassen. Ich habe die Schule geschmissen, arbeite an drei Tagen in der Woche an einer Tankstelle, manchmal auch an den Wochenenden. Je nach Bedarf. Ich bin jung, flexibel und überheblich.

»Roxy«

Ich habe den ganzen Tag in meinem Zimmer verbracht und in alten Zeitschriften geblättert, die ich auf dem Flohmarkt erstanden habe. Eine bunte Mischung obskuren Inhalts: »Das Haus«, »ADAC Motorwelt«, »Kicker«, »Bravo«, »Hustler«, viele Fernsehblättchen, »Brigitte«, »Geo« und »Format«. Zeitschriften spiegeln auf ihre eigene Weise den Zeitgeist wider, und im Nachhinein erscheint dieser mehr als lächerlich. Welche Themen für einen Sommer lang im gesellschaftlichen Brennpunkt standen, welchen Dingen die Menschen ihre Aufmerksamkeit geschenkt haben, ja mit was sie ihre Zeit geradezu verschwendet haben. Diese angepriesenen Frisuren, diese aufwendig gestaltete Werbung, das alles war mal ernst gemeinte Realität. Jetzt reicht es gerade noch für einen Nachmittag voll Unterhaltung und einen Jahresband der Chronikreihe. All die wissenschaftlichen Diskussionen mit ihren überholten Modellen und Theorien, die Traumpaare der Glitzerwelt, die Teeniestars der Saison, Flugzeugentführungen, Umweltkatastrophen, Politskandale, die Tipps für Heimwerker, das neuste Modell von Ford, auf Herz und Nieren getestet, alle Fußballergebnisse der Saison 1978/79 fein säuberlich in einer Tabelle aufgeführt. All das gibt sich wenige Jahre später bereits der Lächerlichkeit preis. So viel Schwachsinn auf einem Haufen macht mir Angst. Was heute unsere Normalität darstellt, unserem Selbstverständnis entspricht, verkommt zur Kinderkacke. Was wird man in dreißig Jahren über meine Generation denken? Was werden die

Schlagworte, die Eckpfeiler sein? Kann ich die lächerlichen Elemente, diese künstlich aufgeblasene Ernsthaftigkeit nicht jetzt schon ausmachen? Vielleicht nicht in aller Deutlichkeit, aber in groben Zügen kann man es bereits sehen. Was bei all den verschiedenen Facetten und Mustern gleich bleibt, was sich hinter dem Theater der Jahreszahlen abspielt, worauf alle Geschehnisse basieren und was sich ständig, wenn auch in anders maskierter Form wiederholt, das muss die Unendlichkeit sein. Und die will ich sehen, da will ich hin, denn sie soll mein Zuhause sein.

Für den Abend steht eine Verabredung mit Falk an. Er kennt den DJ eines Ladens, der ihn eingeladen hat, abends mal vorbeizuschauen. Wir können auf ein paar Stunden gute Musik hoffen. Nach einem Tag im Zimmer ist mir nach etwas Bewegung, und so beschließe ich, die Strecke zu Falk zu Fuß zu gehen. Bei Falk vorbeizuschauen ist gleichzeitig eine gute Gelegenheit zu waschen, und so packe ich den Großteil meiner Wäsche in eine Reisetasche. Vieles steht schon vor Dreck, jedenfalls fühlt es ich auf der Haut so an. Der Testfall ist immer noch eine weiße Hose. Die hat man einen Tag am Leib, dann ist sie fällig. Da kann man hochrechnen, wie dreckig meine schwarzen Hosen sein müssen, die ich vierzehn Tage am Stück anhatte. Ich erinnere mich an eine grüne Jeans, die ich so lange Tag und Nacht getragen habe, bis ich zuschauen konnte, wie sie sich vom Schweiß an den Kniekehlen nach und nach gelb färbte.

Als ich aufbreche, neigt sich der Tag dem Ende zu. Die Dunkelheit senkt sich langsam hernieder, von hinten kommt sie angeschlichen und erlöst die Sonne von ihrem harten Tagwerk. Ich liebe die Dämmerung, wenn mit ihr ein leichter Wind die lang ersehnte Kühlung bringt. Die

Blätter der Bäume zollen ihr Tribut wie beim Einzug eines Königs, wiegen sich sanft hin und her und flüstern Dinge, die ich nicht verstehen kann. Mit jedem Schritt nimmt die Dunkelheit zu, die Straßen sind so gut wie leer. Ich meide die Straßencafés, Eisdielen, grundsätzlich alles, was zu belebt sein könnte. Möchte mir nicht die Stimmung verderben lassen, auch wenn die von mir so geliebte, tiefe Nacht noch etwas auf sich warten lässt. Wie ich so durch die Straßen laufe, hat die ganze Atmosphäre, die über der Stadt liegt, etwas sehr Versöhnliches. Man ist geneigt, fünf gerade sein zu lassen, mit dem Kopf zu nicken und zu behaupten, alles sei gut. Und hierin liegt kein Groll oder Verbitterung. Die Welt ist zuweilen mild.

Als ich an einer Unterführung vorbeikomme, denke ich mir, dass dies eine gute Gelegenheit wäre, um Pinkeln zu gehen, und gehe die paar Stufen hinunter. Von den Neonröhren müssen einige kaputt sein, denn es ist überraschend dunkel hier unten. Die Wände mit ihren weißen Kacheln sind mit Graffiti bedeckt. Ich bleibe stehen und schaue mir an, was es hier zu sehen gibt. »Widersprüche sind die einzigen Aussagen«, steht da geschrieben. Klingt gut. Von den übrigen Dingen kann ich kein einziges Wort lesen, alles nur Farbschmiererei. Kringel, nichts als Kringel. Für das bloße Handwerk der Buchstabenverformung fehlt mir das Verständnis. Die öffentlichen Toiletten sind noch nicht abgeschlossen, dazu ist es noch zu früh. Spätestens um Mitternacht fährt ein Schließdienst auf seiner Runde hier vorbei und macht die Türen dicht. Die Obdachlosen werden vertrieben und die Gitter, die zu den Straßenbahngleisen führen, heruntergelassen. Ich stoße die verchromte Schwingtür mit dem Fuß auf, die Hände in den Hosentaschen. Der beißende Geruch von Urin steigt mir sofort in die Nase, und überall ist es nass auf dem Boden. Das ist vermutlich nicht nur Wasser. Spiegel gibt es hier nicht mehr, das Waschbecken kommt direkt aus der Wand, damit man es nicht herunterreißen kann. An der Pinkelrinne steht jemand, ich nehme ihn nur im Augenwinkel wahr, gehe lieber in eine Zelle, ohne die Türe hinter mir zuzumachen. Während meine Blase immer leichter wird, kann ich an den Geräuschen, die an mein Ohr dringen, eindeutig erkennen, welcher Tätigkeit der Typ an der Rinne nachgeht. Er stöhnt eine Nummer zu laut für meinen Geschmack. Ich bin vorgewarnt, drücke die Spülung und ziehe den Reißverschluss hoch. Beim Hinausgehen riskiere ich einen Seitenblick auf die Gestalt. Ein Mann von ungefähr vierzig Jahren steht da und wichst sich einen, will offensichtlich dabei gesehen werden. Im Bruchteil einer Sekunde registriere ich die Details. Er hat die Schuhe ausgezogen und steht mit seinen Socken darauf. Seine Klamotten sehen leicht vergammelt aus, aber kein offensichtlicher Penner. Neben ihm steht eine Reihe von vollen Plastiktüten. Groteskerweise trägt er einen Hut und einen Vollbart. Komisch, denke ich mir noch, warum tragen eigentlich alle perversen Männer einen Vollbart? Da dreht er sich leicht in meine Richtung, ich kann sein schlaffes Glied zwischen Daumen und Zeigefinger sehen, und er zischt: »Hey, du …«

In mir macht es »Klick!« Mein Blick fällt auf eine leere Weinflasche, die in einer Ecke auf dem Boden liegt. Ich sehe mich selbst die Flasche aufheben, höre mich einen wütenden Schrei ausstoßen. Elektrische Stöße fahren mir durchs Gehirn, als ob Blitze meine Blutbahn entlang zucken. Ich gehe auf den Mann zu, der wie versteinert auf der Stelle steht, ich bin so schnell wie der Schatten, der sich gegen das Objekt wehrt, von dem er geworfen wird.

Ich sehe die Welt in Zeitlupe, während ich auf dem Grollen des Donners reite. Ich ziehe dem Mann die Flasche über den Kopf, schlage sie ihm ins Gesicht. Ich trete in seinen Magen und sehe ihn langsam, ganz langsam in die Knie gehen. Ich klatsche den Hut mit der Flasche glatt. Der Hut bleibt auf dem Kopf sitzen, dieser verdammte Hut ist wie festgeklebt. Die Flasche zersplittert in meinen Händen, die ich krampfartig zu Fäusten balle. Ich schlage zu. Ich trete zu. Der Mann liegt am Boden. Ich trete zu. Und noch mal. Und noch mal. Und noch mal. Auf den Kopf. Ins Gesicht.

Plötzlich bin ich an der Erdoberfläche, an der frischen Luft. Ich renne durch die Nacht, bis mir die Puste ausgeht, bis mir die Lungenflügel brennen. Meine Tasche baumelt auf dem Rücken, schlingert hin und her, der Gurt schneidet sich in meinen Hals. Ich taumle, verliere an Tempo und setze mich schließlich auf die Treppe vor einer Poststelle. Der Atem rasselt, der Hals schmerzt, das Herz pumpt, und mir ist schlecht. Nichts denken, an nichts denken.

»Hallo Anja.«

Ich schließe die Türe und lasse die Tasche von den Schultern gleiten. Anja sitzt auf der Matratze und wühlt in einem Stapel CDs. Es ist ihre Wohnung, aber ich glaube, seit Falk hier mehr oder weniger seine Zeit verbringt, hat sie sich ziemlich verändert. Ich höre die Dusche rauschen.

»Falk ist im Bad«, sagt sie und lächelt mich an. Sie hat lange, leicht rötliche Haare, gerade ist sie barfuss. In der Ecke läuft stummgeschaltet der Fernseher. Musikkanal. Der Linoleumboden klebt etwas. Ich lasse mich auf einen Stuhl nieder. Auf dem Tisch steht alles voll mit irgendwelchem Zeugs. Ich schiebe die Aschenbecher zur Seite, um Platz für meine Ellbogen zu haben. Die Kochecke sieht genauso chaotisch aus, genau genommen das ganze Zimmer. Vor dem Schrank steht ein Fahrrad. Auf dem Boden die Kaffeemaschine, T-Shirts, Jeans, alte Fernsehzeitschriften, leere Flaschen ... und zwei gelbe Müllsäcke, randvoll, hauptsächlich mit Bierdosen. An der Wand ein riesiges Werbeplakat für schwarze Seidenunterwäsche, an der Decke kleben drei Kippen. Anja hat mir gezeigt wie das geht: Die Kippe vorne etwas aufreißen, anfeuchten und mit Schwung hochwerfen.

Falk kommt, nur in Unterhose, aus dem Bad. »Tag, hab dich gar nicht kommen hören.«

Er angelt sich eine Zigarette, setzt sich auf die Matratze neben Anja. Mit ihr könne er reden, lachen, saufen, schlafen, kiffen, sagt er immer. Vielleicht wird es was Längeres. Das hindert ihn aber nicht daran, neue Kontakte zu knüpfen, wie sie sich anbieten. Seine Haare sind noch nass.

»Ich bin noch gar nicht so lange auf, bin den ganzen Tag im Bett rumgegammelt.«

»Wie ich.«

Er gähnt. »Ah, ja. Fühle mich eigentlich schon wieder am Arsch, bevor überhaupt irgendwas losgegangen ist.«

»Faule Säcke, ich hab den ganzen Tag gearbeitet.« Anja löscht das Licht und zündet mehrere Kerzen an. Aus den Boxen dröhnt leise schwermetallbelastete Musik. Das Cover der dazugehörigen CD zeigt fünf geschminkte Typen auf einem Friedhof. Alle ziehen Grimassen. So böse, fies, gemein und bescheuert muss man erst mal sein. Während Falk sich auf dem Boden seine Abendgarderobe zusammensucht, gehe ich in den Keller und schalte die Waschmaschine an. Anja köpft eine Flasche Rotwein und macht Glühwein daraus. Weil sie Lust drauf hat. Wir kiffen und lauschen wortlos den Klängen der Musik. Sie entsteht in meinem Kopf, direkt hinter dem linken Ohr. Von dort aus verteilt sie sich, einmal in die Blutbahn hineingeschleust, durch den ganzen Körper. Mein linkes Bein wird besonders warm, vermutlich, weil es zum ersten mal in seinem Dasein als akustisches Wahrnehmungsorgan mitbenutzt wird. Ich halte das Weinglas in den Händen. Jeder Schluck erinnert mich an den Ozean, an Ebbe und Flut. Mein Hals ist ein Brunnen, der ständig größer wird, ein Abflussrohr, das alles in die Tiefe zieht und mit einem dröhnenden Gurgeln seine Zufriedenheit zum Ausdruck bringt. Die Kerzen flackern leicht im Windzug der geöffneten Fenster. Anja spielt mit ihren Fingern im noch heißen Wachs. Sie scheint den Schmerz in den Fingerspitzen zu genießen. Mit einem leichten Seufzer und leicht geöffneten Lippen formt sie Kugeln und knetet sie wieder flach. Ich bin mir nicht ganz sicher, ob sie leise kichert. Aus dem Ausdruck ihrer Augen werde ich nicht ganz schlau. Falk sitzt still an die Wand gelehnt, hält die Augen geschlossen und sieht aus, als wäre er eingeschlafen. Doch sein gelegentliches Nippen beweist mir das Gegenteil. Ich verfolge die Zeitanzeige auf dem CD-Player. Bei jedem Auftauchen einer Ziffer bin ich überrascht, glaube fest, das muss die letzte gewesen sein. Der Raum zwischen zwei Ziffern, das muss der Ort sein, wo die Musik herkommt. Und dieser Raum wird immer größer, während die Zeit immer weniger wird, doch die Musik bleibt immer gleich. Aus den vier Ecken des Zimmers heraus hallt plötzlich Anjas Stimme.

»Falk, baust du uns noch einen?«

Ihre Worte schweben im Zimmer, sinken dann sachte auf den Boden, wo sie wie Schnee einfach wegtauen. Irgendwann später höre ich eine andere Stimme, die ich kenne. »Bist du noch nicht befriedigt?«

Wieder ein Kichern, diesmal sicher. Ich schließe die Augen und beginne, leicht nach hinten zu fallen. Was für ein unheimliches Kichern, denke ich mir. Ein neuer Schluck, und gewaltige Mengen reißendes Wassers werden tosend in den schwarzen Schlund hinabgezogen. In ungeahnten Tiefen höre ich es zischen. Ich schwebe auf einem Thron mit weichem Polster und bin im Begriff, linkslastig durch den Raum zu fliegen. Ich sehe Falk eine kleine Plastiktüte schütteln und habe Angst, die aufgewirbelten Luftmassen könnten meinen Thron vom Kurs abtreiben. Doch nichts dergleichen geschieht. Anja beginnt, Papers aneinander zu kleben, indem sie langsam mit ihrer Zunge über die Klebefläche fährt. Hin und her gleitet die Zunge. Hört das denn niemals auf, denke ich mir. Ich sehe die Spitze ihrer Zunge in einer ungeheuren Großaufnahme. Sie zuckt und windet sich immer wieder entlang der Papierkante. Bestimmt ist sie schon ganz feucht, meldet sich mein Hirn. Aber das muss so sein, ganz glitschig. Falk wühlt mit beiden Händen im Tabak. Er zieht einzelne, lange, dünne Fäden hervor und spielt mit ihnen. Ihre Haare glänzen im Kerzenschein. Seltsame Schatten tanzen an der Wand. Dann wieder Anjas Zunge in Großaufnahme, wie sie hin und her gleitet. Und Falk, dessen Hände mit einzelnen Strähnen spielen. Mein Gott. Ganz feucht. Ich furze leise. Sie hat das voll im Griff. Gleich zündet sie ihn an. Er ist vorne ziemlich dick und glüht. Das ist die Hitze der Nacht. Das ist der größte Joint, den ich je gesehen habe, und Anja raucht ihn ganz alleine. Sie zieht kräftig daran. Falk windet sich, muss ihn erst mal abwischen. So klebrig, viel zu aufgeweicht. Lichter in meinem Kopf, und mein Thron fliegt durchs Zimmer, Bilder wie in einem Comicfilm schweben an mir vorbei. Ich sehe Falk die Glocken läuten, wild schwingen die Klöppel hin und her, dong, dong, dröhnt es. Er hält sie mit beiden Händen fest. Alle Gläubiger werden zu Gläubigen. Hört die

Glocken. Und ruft aus: »Oh, Gott, ja, ja!« Ein Zittern geht durch die Grundmauern. Die Türe geht auf und zu und auf und wieder zu. Es wird zur finalen Jagd geblasen. Es dröhnen und stöhnen die magischen Hörner. Wild tönen die Glocken, und die Kolben werden durchgeladen. Und da kommt sie, die Post, und geht ab. Wohin geht sie? Ich weiß es nicht. Sie reitet den Abhang hinunter und auf der anderen Seite wieder hoch, hoppel, hoppel, und verschwindet irgendwo im Dickicht. Mein Blick wendet sich ab, mir steht der Schweiß auf der Stirn, meine Hand will nach dem Wein auf dem Tisch greifen, hält aber auf halbem Weg inne. Wieder blähe ich leise in das Stuhlpolster und muss grinsen. Vor meinen Augen steht in Leuchtbuchstaben »Pfandflasche«. Und alle sind sie da, die Jäger und die Post, und alles grinst und gluckst und rülpst. Mein Thron fällt zurück auf die Erde. Ich rolle über den Boden. Wein spritzt an die Wand. Ich versuche, den Sinn der Worte zu fassen. Mein Kopf schlägt irgendwo an. Alles ist gut.

»Aufwachen, wir wollen los.« Jemand rüttelt mich. »Hey.«

Es ist Nick. Ich richte mich auf, die anderen ziehen gerade ihre Schuhe an. Im Bad schüttete ich mir kaltes Wasser ins Gesicht und schaue in den Spiegel. Die Augen sind in Ordnung. Ich muss eine gute Stunde geschlafen haben.

Wir sitzen zu viert im »Roxy«, außer uns niemand da. Die Türsteher sitzen noch an der Bar, trinken Alkoholfreies und unterhalten sich. Tätowierte Muskelpakete mit Schnauzbart und ärmellosen Shirts. Wer eine aufs Maul will, kann es genau hier kriegen. Der DJ kommt zu unserem Tisch, und wir verbalisieren die Wunschliste für den Abend. Nick hat einige CDs mitgebracht. Er hat auch sonst keine Skrupel, die DJs mit seinen Ansichten zu bombardieren. Vermutlich stöhnen die schon, wenn sie ihn nur reinkommen sehen. Er ist dann auch der Erste und Einzige der tanzt, ein bisschen eingeblasener Nebel übertüncht die ansonsten noch sehr nüchterne Atmosphäre. Das »Roxy« ist auf drei Ebenen in lackiertem Schwarz gehalten, Wendeltreppen verbinden die Stockwerke untereinander, dazwischen die Toiletten, drei Bars, Flipper, ein Kicker.

Eine der Barfrauen kenne ich vom Sehen, sie ging auf meine Schule, aber wir wechselten nie ein Wort. Muss in irgendeiner Klasse über oder unter mir gewesen sein. Und so geschieht es, dass man sich jahrelang täglich in den Pausen sieht, und das erste, was man eines Abends miteinander spricht, ist:

»Was kriegst du?«

»Eine Halbe.«

Bei diesen Worten scheint es in ihr zu arbeiten, woher sie mein Gesicht kennt, doch als sie mir mein Restgeld gibt, gehen unsere Blicke bereits wieder getrennte Wege. Zurück bei den anderen, stoßen wir an. Mit dem Fortschreiten der Nacht füllt sich auch die Tanzfläche. Ich werde niemals müde, den Leuten beim Tanzen zuzusehen. Nach einer gewissen Zeit beschleicht mich dann immer das Gefühl, dass ich gar keine Menschen vor mir habe, sondern viel eher Automaten, die ein begrenztes Programm abspulen. Trotzdem fasziniert es mich immer wieder aufs Neue. Ich habe mich schon oft gefragt, ob das ein Defekt ist. Viele tanzen mit geschlossenen Augen für sich alleine, andere lachen sich an oder verziehen irgendwie das Gesicht. Manche versuchen, sich zu unterhalten und schreien sich an. Zwei Kuriositäten fallen mir auf: Ein plakativ in sich versunkenes Mädchen mit langem, bunten Rock tanzt barfuß. Sie trägt Perlen im Haar und Bändelchen an den Armen und Füßen.

Sie wäre vermutlich gern das Hippiemädchen von nebenan und reproduziert wie tausende andere auch einen Augenblick in der Geschichte, der nie wieder kommt. Das andere ist ein Typ, der sich scheinbar in Ekstase befindet. Er springt mit angezogenen Beinen so hoch wie nur möglich, was bei einer vollen Tanzfläche so aussieht, als trete er in der Luft um sich, und rempelt dabei zahllose Leute an. Als er sich dann noch ein Stirnband umbindet und dafür sein T-Shirt auszieht, drehe ich eine Runde durch den gesamten Club, hole mir Bier nach. Der Abend läuft gut. Die Musik hat es bis in den kleinen Finger der rechten Hand geschafft, der rhythmisch gegen mein Glas trommelt. Die Lichtanlage beginnt, Spaß zu machen, und die Leute scheinen auch immer netter zu werden. Am Rand der Tanzfläche steht eine zwei Meter große Blondine und scheint sich zu überlegen, ob sie sich unters Volk mischen soll. Ich wünsche es mir, möchte sehen, wie sie ihren Körper der Musik hingibt. Ihre langen Haare gehen bis zum Hintern und ihre Stiefel bis übers Knie. Nach fünf Songs ist es so weit. Schüttel dein Haar für mich, Baby, dir würde ich die Stiefel küssen. Ein Anblick für Götter. Aber ich bin natürlich nicht der Einzige, dem diese Frau aufgefallen ist. Am Rande stehen sie, die Kragenshirtträger, die Hände in den Taschen der weiten New-York-Skaterhosen, und lassen cool ihre Augen auf den Boden gerichtet. Hin und wieder wechseln sie ihre Stellung, schieben die Füße mit den dicken Turnschuhen nach rechts oder links, und ihre Augen machen die Runde, auf der Suche nach einem Blick, der den ihren auffängt.

Das Männerklo ist ebenfalls mit Frauen überlaufen, weil das Frauenklo grundsätzlich zu voll ist. Als ich am Pissoir stehe, fällt mir plötzlich der Mann ein, der von mir niedergeschlagen wurde. Nein! Das war nicht ich, der ihn zu Boden getreten hat. Ich bin nie ein Schläger gewesen. Ich verstehe das nicht. Ich wollte diesen Mann nicht verletzen oder weh tun. Ich wollte die Toilette einfach nur verlassen, das war alles. Ich verstehe nicht, was passiert ist. Das war ein totaler Kontrollverlust. Man könnte versuchen, zu rechtfertigen: Ich habe mich nur gegen einen Exhibitionisten zur Wehr gesetzt, ich habe mich bedroht gefühlt, solche Leute haben nichts anderes verdient. Aber das wäre gelogen. Tatsache ist, dass dieser Typ zwar eklig, aber harmlos war. Ich wollte es nicht tun, und doch wurde die Tat von mir ausgeführt. Ich habe die Schuld daran und trage doch keine Verantwortung dafür. Das ist es, was mir Angst macht. Gegen meinen Willen habe ich Dinge getan, von denen ich nicht gedacht hätte, dass ich dazu fähig bin. Niemand, den ich kenne, würde es mir zutrauen. Die Welt würde mich freisprechen, doch ich weiß es besser. In mir stecken noch ganz andere Dinge. Und wenn ich zu so etwas fähig bin, was kann dann noch alles passieren? Plötzlich kommt mir der Gedanke, dass der Mann tot sein könnte. Ich sehe ihn geistig vor mir, am Boden liegend, an den Folgen seiner inneren Verletzungen sterbend. Er hat geblutet, oh ja, geblutet wie ein angestochenes Schwein. Jetzt bin ich mir nicht mehr sicher. Hat er noch geatmet? Panik schießt in mir hoch. Soll ich anonym einen Notarzt rufen? Gleichzeitig versuche ich mich davon zu überzeugen, dass das alles Quatsch ist. Spätestens der Schließdienst hat ihn gefunden. Ich bin kein trainierter Schläger, so zielsicher und verheerend können meine Treffer gar nicht gewesen sein. So viel Kraft habe ich gar nicht, trotz der Flasche. Wahrscheinlich ist der Typ nur durch den Überraschungseffekt so schnell zu Boden gegangen. Er hat sich nicht gewehrt. Er war einfach verblüfft oder betrunken. Er wollte das Opfer sein. Hat er es nicht geradezu herausgefordert? Hat er durch sein extremes Verhalten nicht auch eine extreme Reaktion heraufbeschworen? Ist es nicht völlig egal, wenn solche Typen in einer öffentlichen Toilette verrecken? Nein, das hieße, mich selbst belügen. Ich versuche, den Duftstein zu treffen, genieße das Gefühl einer entleerten Blase und passe beim Hochziehen des Hosenladens auf, mir nicht die Vorhaut einzuklemmen. Ist mir einmal passiert. Mädels, das sind Schmerzen. An der Bar hat sich eine Schlange gebildet, mein Krug ist leer, ich haue ihn geräuschvoll auf die Theke und spüre, wie mir der Alkohol in den Kopf steigt. Irgendjemand bläst mir Rauch direkt ins Gesicht. Als es ans Zahlen geht, komme ich in Verlegenheit, weil ich mein Geld nicht finden kann. War mir sicher, die Scheine in die rechte Tasche gesteckt zu haben, weil ich Rechtshänder bin. Stimmt aber nicht. Hab's mir in die Gesäßtasche geschoben. Bin ich schon dermaßen hinüber? Auf der Treppe übersehe ich zwei Mädels, die am Boden sitzen, stolpere und verschütte jede Menge Bier auf meine Hose. Ich gehe auf die oberste Ebene des »Roxy« zurück und blicke nach unten. Jemand tritt mit dem Fuß gegen den Flipper. Die Jungs am Kicker ölen die Stangen mit Bier, in der Hoffnung, dass sie dann leichter laufen. Ich sehe Nick und Anja an einem Tisch sitzen und sich unterhalten. Falk steht in der DJ-Kanzel und drückt die Nebelmaschine, bis die ganze Tanzfläche zugenebelt ist. An einem der Tische, weiter hinten im Raum, fällt mir eine einzelne Gestalt auf. Ein Typ, bestimmt knapp an die vierzig. Er sitzt allein auf seinem Stuhl, eine Flasche Bier vor sich, und schaut in die Runde. Der Ausdruck auf seinem Gesicht ist bei näherer Betrachtung eigentlich undefinierbar. Man könnte ihn für müde halten. Er sieht nicht so aus, als warte er auf jemanden. Er ist eine Spur zu cool, zu betont lässig. Man sieht ihm seine Unsicherheit förmlich an. Er greift zur Flasche und trinkt zu fahrig, als dass es einen entspannten Eindruck machen würde. Er blickt zu oft in die Runde, zur Theke und zur Bedienung. Hin und wieder scheint er mit sich selbst zu sprechen. Er tippt im Takt der Musik auf die Tischoberfläche, dreht die Flasche zum hundertsten Mal um ihre eigene Achse und liest das Etikett zum tausendsten Mal. Er ist allein hier, und er wird alleine hier rausgehen. Das sind Dinge, die einem das Leben lehrt. Und wenn er eine Million Mal versucht, mit der Barfrau herumzualbern oder ein paar Leute anzusprechen, um Geld für den Zigarettenautomat zu wechseln. Sein äußeres Erscheinungsbild zeigt nur zu deutlich, dass er hier nicht her passt. Aber wohin würde er denn passen? Er ist zu belanglos in allem, was er tut und darstellt. Stellt er überhaupt etwas dar? Er ist weder individuell noch trendy. Und was ist man dann? Jeder von uns kann Typen seines Schlages am Rande stehen sehen, man registriert ihn als anwesend und schickt ihn mit dieser Notiz in die Verbannung, ins Exil. Er ist ein Unsichtbarer, ein Unberührbarer. Er flippert kurz, setzt sich dann wieder auf seinen Platz. Er wirft Blicke zu den Mädels und geht ab und zu pinkeln, aber auf seiner Stirn steht eine Form von Verzweiflung geschrieben, für die es keinen Namen gibt. Wenn er an der Bar zahlt, wird die Bedienung einen Ton frostiger. Wenn er zum DJ geht, blickt dieser genervt zur Seite und gibt sich beschäftigt. Wenn er jemanden anspricht, gibt man ihm zu verstehen, dass er stört. Es fehlt nichts, wenn er nicht da ist. Man bemerkt irgendwann mal, dass hinten im Eck wieder der Tisch frei ist. Typen wie ihn gibt es überall, man trifft sie immer wieder. Manchmal habe ich den Eindruck, die ganze Welt sei voll davon. Vielleicht hält die Zukunft sein Schicksal für einen von uns bereit, in einer anderen Stadt, zu einem anderen Zeitpunkt.

Tankstelle

Der elektronische Wecker holt mich aus meinem komaartigen Tiefschlaf. Nach einem Schlag auf das Gehäuse hält er sein dämliches Maul. Ich drehe mich um und bin schon wieder weit weg, als er von neuem anfängt. An diesen Signalton habe ich mich längst gewöhnt. Also lasse ich ihn einfach krächzen. Minutenlang. Der Ton dringt an mein Ohr und ärgert mich. Aber er ärgert mich nicht genug, als dass ich mich dafür bequemen würde, aufzustehen. Es ist Sonntag, und ich muss an der Tankstelle arbeiten. Das habe ich auch gestern gewusst, bevor ich zu trinken anfing, aber es war mir egal. Heute bezahle ich dafür. Was kann ich von mir selbst erwarten, wenn mir der Gedanke ans Einkaufen immer erst dann kommt, wenn ich mit knurrendem Magen vor dem leeren Kühlschrank stehe, oder mir mit der letzten Unterhose am Leib einfällt, dass ich mal wieder waschen solle? Ich habe kaum drei Stunden in diesem Bett gelegen, und Schweiß hat meinen gesamten Körper überzogen. Ich habe keine Lust zu arbeiten. Ich hatte noch nie Lust zu arbeiten. Ich verfluche mich selbst, meine Uneinsichtigkeit, meine Unfähigkeit, mit dem sogenannten Alltag klarzukommen, aber noch mehr verfluche ich den anstehenden Tag. Die Bettdecke rutscht auf den Boden. Oh, das ist noch lange kein Grund aufzustehen. Ich habe Kopfweh, dass es kracht. Letzte Nacht muss ich den tiefsten Stand erreicht haben, den ich mir vorstellen kann. Ich versuche, zu rekonstruieren, was sich gestern abgespielt hat, aber ich komme nicht weit. In dem Laden, in dem wir waren, sind plötzlich die Lichter angegangen, was bedeutet, dass es fünf Uhr oder später gewesen sein muss. Ich erinnere mich noch, wie mich die Barfrau verächtlich angeschaut hat, nachdem ich in mein eigenes Getränk gekotzt hatte. Auf einmal war ich allein und stand mitten in der Innenstadt. Keine Ahnung, wie ich den Heimweg hinter mich gebracht habe. Ich stopfe dem Wecker endgültig das Maul, ziehe den Stecker. Wie immer nach einer solchen Nacht habe ich Gleichgewichtsstörungen und muss aufpassen, nicht irgendwo hängen zu bleiben. Die Motorik stimmt nicht ganz, die linke Hand fühlt sich versteift an. Generell neige ich zum Zittern. Meine Klamotten liegen kreuz und quer auf dem Fußboden. Mein Herz pumpt wie verrückt, vermutlich würde es am liebsten stehen bleiben. Ich hänge mich unter den Wasserhahn und trinke, was das Zeug hält. An meinem Zeigefinger rieche ich die Kotze von gestern. So viel Verstand muss ich noch gehabt haben, mir den Finger in den Hals zu stecken, ohne dabei zu ersticken. Trotzdem fühle ich mich, als hätte mir jemand den Schädel aufgebohrt und hineingeschissen. Und trotz des Wassers im Mund schmecke ich jetzt auch abgestandenes Erbrochenes. Ich blicke vom Waschbecken hoch und bemerke, dass meine Zimmertür halb offen steht. Vergessen zu schließen, oder nicht mehr geschafft? Ich wende mich dem Wecker zu, aber irgendjemand muss ihn ausgesteckt haben. Auf mein Zeitgefühl kann ich mich heute morgen nicht verlassen. Während ich die Armbanduhr suche, stelle ich fest, dass meine Brille vollkommen verbogen ist. Die Uhr habe ich noch an. Zum Duschen reicht es nicht mehr, obwohl ich mir vorkomme wie ein großer Müllsack. Klebrig, schimmelnd, eklig. Ich durchwühle den Klamottenberg und halte nach Flecken jeglicher Art Ausschau. Habe ich meine Schuhe vollgemacht? Sind alle Schlüssel noch da? Wie viel Geld habe ich die Kehle hinunter gejagt? Was die Klamotten angeht, so ist mir alles recht, solange ich nicht die von gestern anziehen muss. Alles stinkt nach Rauch, auch meine Haare. Die Bartstoppeln kann ich als Dreitagebart durchgehen lassen, trotzdem stecke ich den elektrischen Rasierer in meine Jackentasche. Vielleicht gelingt es mir, mich in einer ruhigen Minute an der Tankstelle zu rasieren.

Im Bus sitzen außer mir noch fünf andere. Der Fahrer, zwei ältere Leute und zwei Mädels, die offensichtlich gerade auf dem Heimweg sind. Eine von beiden gähnt ununterbrochen. Ich grinse zu ihr rüber: »Sag mal AAAHHH.« Sie gähnt, dann lächelt sie, bevor sie wieder gähnt. Ihre Freundin hat sich quer über einen Doppelsitz gelegt und scheint zu schlafen. Ihre langen Haare hängen ihr in Strähnen übers Gesicht. Was die beiden Alten angeht: Die werden bestimmt vom Betreiber der Busgesellschaft dafür bezahlt, dass sie sonntagmorgens einen Grund vortäuschen, irgendwohin zu fahren. Andernfalls bricht mein Weltbild zusammen. Niemand steht freiwillig so früh auf. NIEMAND.

An der Tankstelle schließe ich auf und schiebe einen großen Wagen mit aufgestapelten Getränkekisten hinaus. Es folgen ein Wagen mit Motorenöl und einer mit Wasserpistolen, Fahrradschlössern und Tischtennisschlägern. Lauter Dinge, die einen irgendwie krank machen, für drei Mark. Ich schleppe die Luftpumpen an ihren Platz, ebenso das Benzingemisch für Rasenmäher, fülle frisches Wasser zum Scheibenwischen nach und hole die Sonntagszeitungen hinter der Werkstatt hervor, die der Auslieferdienst dort mitten in der Nacht abgestellt hat. Die Beleuchtung braucht man im

Sommer nicht, stattdessen haue ich die Sicherungen für die Zapfsäulen rein und fülle die Kasse mit Scheinen und Kleingeld auf. Das große Geld gibt es hier mit Sicherheit nicht zu holen, trotzdem findet einmal jährlich ein Überfall statt. Wahrscheinlich immer die gleichen zwei Typen. Das Risiko, erwischt zu werden, hält sich in Grenzen. Beim letzten Mal hat draußen einer in aller Ruhe getankt, während drinnen die Hälfte des Geldes und zwei Stangen Zigaretten erbeutet wurden.

»Haben sie irgendwas gesehen? Das war ein Überfall!«

»Ja, ich dachte mir noch, das sieht aber komisch aus, die zwei mit den Mützen.«

Bisher wurde noch nie jemand gefasst. Dafür brachte die Polizei zwei sichtlich verstörte Leute mit, die an der nächsten Bushaltestelle gesessen hatten und irgendwie verdächtig aussahen. Es gibt zwar eine Videokamera, aber die funktioniert nicht richtig. Wozu auch etwas reparieren, das man einmal im Jahr für zwei Minuten braucht?

Die erste halbe Stunde ist so gut wie tot, und ich habe Zeit, mich ein wenig zu regenerieren und wach zu werden. Ich rasiere mich im Bürozimmer und setze Kaffee auf. Draußen fahren vereinzelt Autos vorbei, eine alte Frau wird von ihrem Hund spazieren geführt. Ein typischer Vorstadtort an einem Sonntagmorgen. Ich weiß nicht, ob ich froh bin, dass dies eine sehr kleine Tankstelle ist. Oder ob das überhaupt irgendeine Rolle spielt. Es ist nur der Gedanke, dass sich nur eine Kleinigkeit zu ändern bräuchte, und ALLES wäre anders. Nicht nur in Bezug auf die Arbeit hier. Generell. Man tauscht eine winzige Schraube im Getriebe seines Lebens aus, und schon verschieben sich die Formen, die Grenzen und die Zusammenhänge. Darin liegt eine Chance, aber man muss die richtige erwischen. Ich mache den Fernseher an. Da ich sonst nie die Gelegenheit dazu habe, bin ich neugierig wie ein kleines Kind und freue mich zunächst über alles, was kommt. Aber ziemlich schnell stört mich die Geschwindigkeit in den Dialogen, in den Bildwechseln und in der Abhandlung der Themen und Geschichten. Schnell, schneller, am schnellsten. Ich verstehe schon die Hälfte der Anspielungen nicht mehr, verfolge nicht schnell genug die Trends der Zeit, und die Kluft zu der mir nachfolgenden Generation ist bereits tief und vehement. Mit den Kids, die drei Jahre nach mir geboren wurden, habe ich schon nichts mehr gemein. Wir sprechen nicht die gleich Sprache. Und nach ein paar Minuten stellt sich das altvertraute Gefühl wieder ein. Verarschung. Was sich hier vor meinen Augen abspielt, ist mir eine fremde Welt, als würde man Außerirdischen-TV schauen. Ich fühle mich für blöd verkauft, über den Tisch gezogen. Hier wird an meine niedrigsten Instinkte appelliert oder zumindest an meinen Geldbeutel. Fernsehen gehört zum kleinsten gemeinsamen Nenner der Menschheit. Ist die Würde des Fernsehers unantastbar? Gibt es intelligentes Leben auf dem Planeten Erde? Das sind Fragen, die keiner Klärung bedürfen. Ich sehe es jeden Tag. Was da jetzt gerade im Fernsehen läuft, ist das die Werbung, oder sind das die Nachrichten? Ich schalte ab. Da kommt auch schon der erste Alkoholiker durch die Schiebetür herein marschiert, um sich seine tägliche Ration zu holen. Der Mann ist wohl ein Mittvierziger, schlecht rasiert und trägt einen Trainingsanzug, der schon bessere Tage gesehen hat. Seine Hände zittern, als er nach der Zeitung greift, seine Fingernägel sind zu lang, und Dreck hat sich darunter angesammelt. Er hat kleinere Verletzungen an den Armen und am Kopf. Das sind Spuren vom Zusammenleben mit Gleichgesinnten. Er ist der Idiot der Gruppe, der für alle die Prügel auf sich nimmt, der immer schuld ist und nichts zu melden hat. Ich drehe mich nach der Flasche Rotwein um, die er für gewöhnlich kauft, und stelle sie auf die Theke. Er lächelt gequält, scheint peinlich berührt. Woher konnte ich das nur wissen? Dabei braucht er den Wein doch bloß für die Bratensoße, zum Verfeinern, wie er sagt. Ich kassiere ihn ab. Beim Hinausgehen murmelt er vor sich hin, wünscht mir einen schönen Tag. Woher nimmt er sich das Recht? Der Vormittag verrinnt. Minute für Minute, bis er sich schon Mittag schimpfen könnte. Die meisten Kunden zahlen mit großen Scheinen, und es ist abzusehen, dass mir im Lauf des Tages das Wechselgeld ausgehen wird. Wenn gerade niemand in Sichtweite ist, fülle ich die Regale nach. Getränke, Süßwaren, Zigaretten, Eis. Alles, was das Herz begehrt. Bis jetzt keine größeren Zwischenfälle. Nicht mal ein heruntergefallenes Sixpack, keine Randalierer, versuchter Diebstahl, anonyme Tanker, die flüchten, ohne zu zahlen. Am späten Vormittag dann läuft der erste von den beiden Vorstadttrotteln ein: Mister Doppelkorn. Er wohnt im Auto eines »Kollegen«, und um das ertragen zu können, und weil er schon so lange arbeitslos ist, und vermutlich aus noch vielen anderen Gründen, trinkt er eine Flasche Doppelkorn am Tag. Ein gelernter Zahntechniker ohne jede Chance, jemals wieder eingestellt zu werden. Er malt nebenbei, jedenfalls hat er das mal behauptet. Man kann seinem Verfall zusehen. Woche für Woche.

»Servus, Meister«, begrüßt er mich.

Immer locker, der Gute. Ich gebe ihm noch zwei Jahre, vielleicht auch bloß noch eins.

»Eine Flasche Doppelkorn, weißt ja eh Bescheid, ne?«

»Und eine Tüte.«

»Genau.«

Das Geld hat er immer abgezählt parat, alles in kleinen, auffallend schmutzigen Münzen.

»Tut mir leid, wir haben die Preise um zehn Pfennig aufgeschlagen.«

»WAS?«

»Schon gut.« Ich grinse in seine entsetzte Visage.

Wieder eine Seele gerettet. Als Dankeschön erzählt er mir die neusten Abenteuer mit seinem Vermieter, dem alten Schweden: »Gestern bin ich in meiner Wohnung auf dem Beifahrersitz gesessen, hatte die Scheiben runter und hab nach draußen geschaut. Ich nuckele an meiner Flasche herum, im Radio spielen sie dieses Lied, das den ganzen Sommer schon läuft, du weißt schon, das mit dem ›scha la la‹ im Refrain. Die Sonne war draußen, der Tag war gut. Ein alter Mann kommt den Weg zu den Garagen runter. Ich denke mir nichts dabei. Plötzlich sehe ich den alten Schweden, wie er durch den Garten schwankt. Er hat eine Flasche in der Hand und hält sie wie eine Keule, klettert über den Zaun, geht auf den alten Mann zu und will ihm wohl mit der Flasche eins überziehen. Ich hechte aus dem Wagen, renne zu den beiden hin. Der alte Mann verteidigt sich, schlägt mit seinem Stock um sich. Erst als ich den Schweden an seinen Haaren ziehe, kommt er wieder zur Vernunft.«

»Bravo, gut gemacht. Kleiner Held.«

»Ja, was will man machen?« Er zuckt mit den Schultern. »Na ja, das war alles.«

»Und tschüs.« Er wünscht mir einen schönen Tag.

Wenig später kommt dann der Schwede persönlich. Kein absoluter Alkoholiker, aber auch ein guter Säufer. Äußerlich entspringt er direkt der frühen Hippiephase mit seinen zotteligen, langen Haare, dem Vollbart und dem Stirnband. Meistens trägt er eine schwarze Fransenlederjacke. Er holt sich ein Bier aus dem Kasten, öffnet es mit seinem Feuerzeug und stellt sich an das Eck der Theke. Er prostet mir zu.

»Servus, Meister.«

Gleiche Länder, gleiche Sitten. Auch er ist schon lange arbeitslos. Manchmal erzählt er, dass er für einen Bekannten LKWs schwarz durch die Gegend fährt, und ständig versucht er einem etwas zu verkaufen.

»Brauchst du vielleicht einen Bananenstecker für deine Stereoanlage?«

»No.«

»Oder ein gebrauchtes holländisches Herrenrad?«

»Nein.«

»Ich verkaufe dir sogar eine von meinen Vogelspinnen.«

»Danke, aber ich hab selber welche im Keller.«

»Schade.«

Er nervt ohne Ende. Er sagt: »Ich will keinen Stress. Wenn ich gegen was bin, dann Hektik und Gewalt.« Dabei sorgt ER ständig für Stress, und es ist SEINE Fresse, die bei jedem Betrachter die blühendsten Gewaltphantasien hervorbringt. Er verkörpert die Sorte Mensch, die nur redet, niemals etwas zustande bringt und anderen auf den Sack geht, sich dabei aber immer missverstanden und unterbewertet vorkommt. Ich bin heilfroh, wenn er von dannen zieht, aber da er täglich kommt, gehört er irgendwie schon zum Inventar. Liebend gern mischt er sich in Kundengespräche ein.

»Warum nehmen Sie diesen Sekt? Der andere ist eine Mark billiger«, oder »Sie sollten mal die Beläge Ihrer Scheibenwischer erneuern, die sehen ganz schön heruntergekommen aus, so weit ich das von hier aus sehen kann.«

Nebenbei schluckt er auf die Schnelle zwei kleine Schnäpse und holt sich ein weiteres Bier aus dem Kühlfach. Wie immer fragt er, ob er nicht eines umsonst haben kann, und wie immer sage ich nein. Er wird es trotzdem immer wieder versuchen, bis ich ihn rausschmeiße oder schlimmstenfalls einmal schwach werde. Gebe ich aber einmal nach, habe ich mein Gesicht bei ihm verloren. Das ist Pech für ihn, denn damit bringt er sich selbst um kleine Vergnügen, die hin und wieder kein Problem darstellen würde. Die Erfahrung hat gezeigt, dass sich eine Ausnahme niemals auszahlt, sondern ein ewiges Ärgernis bleibt, das endlose Diskussionen nach sich zieht, die nirgendwohin führen. Er ist wie ein kleines Kind. Manchmal versucht er es auf die versöhnliche Tour, hilft beim Schließen, räumt die Luftpumpe weg. Aber er bekommt nichts. Dann zieht er seine Strafmaske auf, demonstriert mir seine altersmäßige Überlegenheit und will mir dadurch klar machen, dass ich in seinen Augen ein grüner Junge bin. Aber er bekommt nichts. Und dabei bleibt es. Heute versucht er nichts dergleichen. Stattdessen gibt er die Neuigkeiten aus der Gegend zum Besten.

»Gestern bin ich im Garten vor dem Haus gesessen und hab Zeitung gelesen. Es war schön sonnig draußen, ein angenehmer Tag. Und wie ich über den Gartenzaun schaue, sehe ich auf einmal Doppelkorn, wie er ziemlich betrunken aus dem Wagen stürzt. Ich hatte zwar auch schon was getrunken, aber so voll wie der schon am Nachmittag … ne, das war peinlich. In seinem Suff hat er eine halbleere Kornflasche über seinem Kopf geschwungen und ist auf einen hilflosen alten Mann losgegangen, der die Straße runter kam.«

»Was du nichts sagst.«

»Ja, der hatte Glück, dass ich gerade in der Nähe war. Ich musste ihm ein paar hinter die Ohren hauen, damit er wieder zur Vernunft kommt. Dem Doppelkorn, meine ich.«

»Schon klar.«

»Mit dem gab es in letzter Zeit sowieso nur Ärger. Wenn der aufs Klo muss, macht er einfach bei den Nachbarn in die Beete. Als Dünger, aber die anderen Hausbewohner sehen eben bloß die Scheiße auf ihren Tomaten.«

»Das ist natürlich ein Problem«, stimme ich zu. In meiner Brust habe ich nur einen frommen Wunsch, bitte geh doch jetzt einfach hier raus. Ich ertrage dich nicht länger. Ich will dich nicht mehr sehen. Ich will von dir nichts wissen. Du interessierst mich nicht, dein Leben interessiert mich nicht. Du reflektierst nicht, du stellst nichts in Frage, so kann ich mit dir nichts anfangen. Du lebst in deiner Welt, ich in meiner. Zwing mir nicht deine Ansichten und Meinungen auf. Halt einfach die Fresse.

»So, jetzt muss ich los. Ich habe nämlich noch zu tun.«

»Dann mach's mal gut.«

»Halt, warte!« Diesmal bin ich es, der hinter ihm her ruft. Er streckt seinen Kopf von außen durch die automatische Schiebetür.

»Was ist eigentlich aus eurem Duell geworden? Ausgehungerte Ratte gegen Vogelspinne?«

»Die Antwort kostet dich fünfzehn DM. Das ist mein verlorener Wetteinsatz.«

»Vergiss es.«

An den Wochenenden wird alles Mögliche verkauft, Eis, Zigaretten, Alkohol, Batterien, Zeitschriften, bloß getankt wird so gut wie nicht. Jedenfalls nicht an dieser Tankstelle, dafür steht sie am falschen Ort. Ich versuche, diese Tätigkeit als eine Lehrstunde des Lebens zu verstehen. Es gibt unzählige Komplexe und massenhaft Kranke, die in der Menschenmenge einfach untergehen. Kleine, unauffällige, persönliche Macken, die interessant zu beobachten sind. Aber diese Sichtweise ist eine Haltung, um die ich bemüht bin. Lässt meine geistige Standkraft nach, schlägt das vorgetäuschte Interesse in Qual um. Ich fühle mich gequält, angegriffen, angewidert. Bei den meisten Menschen, die durch diese Türe kommen, zieht sich mir der Magen zusammen. Sie kotzen mich an, ich will nichts von ihnen wissen. Ihr Geld ekelt mich an. Ich will nicht freundlich sein müssen. Ich will keine Floskeln annehmen müssen, und ich will nicht, dass von mir erwartet wird, Floskeln auszusprechen. Ich will keinen Kommentar zu den privaten Erzählungen eines mir unbekannten Menschen aussprechen müssen, weil ich diese privaten Erzählungen gar nicht hören will. Ich will mich auch nicht mit meinem Arbeitsplatz identifizieren müssen, ich stehe nicht hinter meinem Chef und dessen Entscheidungen, und ich stehe für nichts ein, was die Tankstelle in den Augen eines Außenstehenden vielleicht darstellt.

»Laut Wagenpapieren fasst mein Tank sechzig Liter, bei Ihnen habe ich laut Zapfsäule soeben fünfundachtzig Liter getankt. Wie erklären Sie sich das?«, oder »Sie arbeiten doch hier an der Tankstelle, oder etwa nicht? Warum können Sie mir dann nicht sagen, welche Batterie für meinen Wagen passt?«, oder »Es ist Sommer, und die Menschen haben Durst. Warum führen Sie kein kohlensäurefreies Mineralwasser?«

Immer diese Fragen, bei denen im Unterton eine empörte Anklage mitschwingt.

Kundenfehler Nummer eins: Er hält sich und seine Bedürfnisse für wichtig und glaubt dem Rest der Menschheit müsse es genauso gehen.

»Ja, Entschuldigung, wir sind kein Supermarkt. Eine Tankstelle hat eben nun mal ein begrenztes Sortiment.«

»Geben Sie Ihrem Chefeinkäufer ruhig mal einen netten Tipp.« Dieser süffisante Beiklang in der Stimme lässt darauf schließen, dass er sich im Recht glaubt, Vorschläge anbringen zu dürfen. Er hält sich und seine Position für die überlegenere.

Kundenfehler Nummer zwei: Er glaubt, Hartnäckigkeit lohnt sich, wenn es um die Verbesserung der Welt geht.

»Ist recht.«

»Das scheint Sie nicht sonderlich zu interessieren, was?«

Fassungslos schauen mich seine Augäpfel an. Ich bin nicht bereit, ihn ernst zu nehmen. Es gibt tatsächlich noch andere Ansichten außer der seinigen.

»Um ehrlich zu sein: nein.«

»So ist das bei uns. Ich finde, Leute wie Sie haben ihren Job verfehlt.«

Und ich finde, Leute wie du leben im Märchenland. Die Vorstellung, dass jeder Mensch einen Beruf findet, der ihm Spaß macht und für den man sich einsetzt und Leistung mit Freude bringt, ist absolut weltfremd. Man arbeitet in erster Linie, weil man Geld verdienen muss. Dass man Selbstverwirklichung im alltäglichen Berufsleben findet, ist ein Mythos und von vorne bis hinten verlogen. Was interessiert mich mein Wecker am Morgen? Was interessiert mich gesellschaftliches Ansehen? Was interessiert mich Geld, wenn ich es nicht unbedingt brauche? Was interessiert es mich, ob der eine lieber Mineralwasser mit und der andere lieber ohne Kohlensäure trinkt? Was interessieren mich all die Idioten, die hier reinkommen und mich belästigen? Man kann von der Menschheit nichts erwarten, außer Degeneriertes, Schlechtes, im Untergang Begriffenes.

Leute wie dieser Mann glauben tatsächlich an den Menschen, glauben womöglich an eine Gesellschaft und deren Regeln und Ordnung, glauben womöglich an sich selbst.

»Das ist typisch, diese kundenfeindliche Einstellung in Deutschland, in Amerika ist das ganz anders.«

Was will der böse Onkel eigentlich von mir? Der wünscht sich doch nicht etwa Disneyworld für alle? Ich sage: »Maul halten, zahlen!«

Da platzt ihm der Kragen. Ich stelle meine Ohren auf Durchzug, und was ich sehe, ist ein Hampelmännchen mit rotem Gesicht. Ich war schon öfters kurz davor, selbst zu explodieren, aber das hieße, solchen Leuten Macht über mich einzuräumen, die sie nicht verdienen. Die Welt ist voller Arschlöcher. Er ist eines für mich, und ich bin eines für ihn. Unsere Sichtweisen sind verschieden, das ist alles. Der Unterschied besteht nur darin, dass ich niemanden bekehren will. Ich gehe mit meiner Einstellung nicht hausieren, das habe ich nicht nötig. Aber es gibt Menschen, die wollen den anderen immer nach ihrem Ebenbild formen. Mit eine der Ursachen für Krieg. Aber was will man von Menschen erwarten, die sich zwischen acht verschiedenen Schokoriegeln nicht entscheiden können? Die diese Wahl furchtbarste Gewissenqualen kostet. Von Menschen, die immer anderen die Frage stellen müssen: »Ist das gut?«

Diese Menschen entscheiden sich dann doch immer für den Schokoriegel, den sie zuallererst in der Hand hatten. Man suhlt sich eben doch am liebsten im bekannten Gewässer, auch wenn es stinkt. Zugegeben, ich bin für diesen Job völlig ungeeignet. Nicht nur, weil ich keinen Führerschein habe, was ja an sich schon ein Verbrechen ist, sondern weil ich für jeden nur denkbaren Job ungeeignet bin. Ich will nicht arbeiten müssen. Ich will leben. Das ist Arbeit, das ist schwer genug. Ich glaube nicht an die finanzielle Absicherung, und ich glaube nicht an die Rentenversicherung. Ich vertraue ja nicht einmal mir selbst. Vor allem aber vertraue ich nicht in die Zukunft. Ich arbeite an der Tankstelle, damit ich geradewegs so viel Geld verdiene, um mir mein Kellerzimmer und kleine Vergnügungen leisten zu können, die mich daran erinnern, dass man für alles bezahlen muss. So lange ich nicht weiß, wohin ich gehen will, ist das die beste Art, um zu überleben. Die Arbeit ist körperlich leicht zu bewältigen, geistig nicht überanstrengend. Ich muss mich nicht mit Kollegen auseinander setzen, mit keinem anwesenden Chef, und die Verantwortung hält sich in Grenzen. Ich bin und bleibe unverbindlich in allem, was ich mache und allem, was mich ausmacht. Aber genau diese Unverbindlichkeit in all meinen Lebensbereichen wird mir eines Tages das Genick brechen. Ich habe es im Gefühl. Ich ahne es. Man sagt sich so lange »alles ist möglich«, bis man feststellt, dass man sich abseits des Weges befindet, und von Möglichkeiten keine Spur mehr. Vielmehr schaufelt man sich seine eigene Grube, in der man gemäßigten Schrittes auf und ab geht. Das Leben war mal wieder schneller, hat einen überholt und platt gemacht. Vielleicht bin ich einfach zu langsam. Auf der anderen Seite scheint mir nichts wirklich lohnenswert oder erstrebenswert, das mich sagen ließe: DAS IST ES! Hierfür möchte ich mich anstrengen, und hierfür bin ich auch bereits, Einsatz zu zeigen, notfalls sogar Leiden auf mich zu nehmen. Und niemand, den ich kenne, hat so etwas. Wenn arbeiten ab heute freiwillig wäre, würden trotzdem alle hingehen. Nicht, weil es sie erfüllt, sondern weil sie mit ihrem mickrigen Leben und ihrer Zeit nichts anzufangen wissen. Weil sie sich nutzlos und wertlos vorkommen, sobald ihre Hände leer sind, und sie ihre Dummheit zu spüren beginnen, wenn sie erkennen, wie ersetzbar sie sind, weil sie Angst vor der Freiheit haben. Arbeiten gehen ist etwas für Schwächlinge.

Abends, wenn der Ansturm, der immer fünf Minuten nach der offiziellen Schließzeit einsetzt, sein Ende gefunden hat, fülle ich im Halbdunkel die Regale nach und rechne die Tageskasse ab. Ich bin ziemlich geschafft. Der Tag hat sich in die Länge gezogen, in die Breite gedehnt und ist an der Oberfläche geplatzt. Vierzehn zähe Stunden sind vergangen. Unter der Woche arbeite ich viel weniger.

Ich sitze an der Bushaltestelle, als Nick an mir vorbeifährt. Er hat mich gesehen, wird langsamer, wendet großzügig über die volle Straßenbreite und kommt direkt vor meinen Füßen zu stehen. Er lässt die Beifahrertür aufschnappen.

»Hey, ich dachte schon, du bist über alle Berge.«

»Bin gerade erst fertig geworden.«

»Der Abend ist schön. Lass uns was machen.«

Er fährt los, keine Ahnung wohin. Ich frage nicht.

»Na, irgendwas Besonderes vorgefallen heute?«

»Nur der ganz normale Wahnsinn. Mehr nicht. Was hast du heute so getrieben?«

»Geschlafen, Fernsehen geschaut, mit meiner Schwester gestritten, und ich weiß nicht, ob ich immer noch oder schon wieder müde bin. Oh, Mist.«

Wir starren beide auf die Kühleranzeige. An dieser Stelle scheint es angebracht, ein paar Worte über Nicks Auto loszuwerden. Es handelt sich um eine klassische Liebesbeziehung. Der Wagen muss weiblich sein. Für ein paar lumpige Mark dem Vorbesitzer geradezu aus der Hand gerissen, kurz vor dem Verschrotten gerettet, adoptiert, geheiratet. Ein dunkelblauer Opel Kadett Kombi. Die Farbe blättert hier und da ab, den Rost hat Nick detailverliebt mit beschissenen Aufklebern retuschiert. Was für ein Wagen. Seit einiger Zeit hat der Kühler ein Loch, das Kühlwasser tropft heraus, und der Motor läuft ziemlich schnell heiß – so wie jetzt. Der Zeiger klebt am roten Rand der Skala.

»Wir werden explodieren, lass mich aussteigen.«

»Quatsch.«

»Ich will nicht explodieren.«

Die Strecke geht momentan glücklicherweise bergab. Nick stellt den Motor ab, und der Wagen rollt von alleine. Bei der nächsten Gelegenheit fährt er rechts ran, und wir stehen auf einer Art Feldweg. Ohne Scheinwerfer wird man uns für eine Radarkontrolle halten, oder für krumme Vögel. Wir steigen aus, und Nick versucht, seine Handfläche auf die Haube zu legen.

»Aua!«

Da sitzen wir mit zwei geöffneten Türen und warten. Nick raucht. Ich bin hundemüde.

»Hast du schon mal daran gedacht, den Kühler reparieren zu lassen?«

»Ja.«

»Gut.«

Ein paar Autos fahren vorbei. Wahrscheinlich sieht man uns gar nicht. Ist auch egal. Der Boden im Auto ist mit einer zentimeterhohen, universalen Müllschicht bedeckt. Nach kurzem Suchen habe ich eine alte Musikzeitschrift gefunden und fange an, darin herumzublättern, während Nick draußen am Wagen gelehnt stehen bleibt. Nach gut vierzig Minuten hat sich der Motor so weit abgekühlt, dass wir eine neue Fahrt wagen können. Nick kennt einen Park, in dem zwei Türme stehen, die gute Aussicht über die Stadt bieten. Wie immer in lauen Sommernächten haben viel andere die gleiche Idee. Schon auf dem Serpentinenweg die Anhöhe hinauf hören wir Stimmen. Als wir unter einer Laterne durchlaufen, werden wir mit einer leeren Dose begrüßt, die ans uns vorbeifliegt. »Hey, das ist doch der Nick!« dröhnt eine Stimme vom Turm, »und sein Bruder.« Blödes Gelächter folgt. Scheinbar wissen alle, dass Nick keinen Bruder hat. Oben angekommen stoßen wir auf zwei Pärchen, die sich abseits halten. Sie haben sich Decken mitgebracht und eine Kerze. Die andere Hälfte des Turmes wird von drei angetrunkenen Leuten eingenommen, die Nick von irgendwoher zu kennen scheint, offensichtlich nur flüchtig. Nach einem kurzen Austausch von Belanglosigkeiten suchen wir uns einen anderen Platz, ziehen uns auf einen Mauervorsprung im hinteren Teil der Grünanlage zurück.

»Was waren denn das für Idioten?«

»Oh, Leute von meiner alten Schule. Die sind ein paar Klassen unter mir.«

Nick geht noch zur Schule. Er versucht verzweifelt, einen Abschluss zu machen, irgendeinen. Hauptsache, es steht irgendwas auf dem Papier. Das war schon öfter Gesprächsthema zwischen uns. Die Schule abzubrechen war mit das Beste, was ich in meinem Leben bisher getan habe. Nick hat mich oft gefragt: »Würdest du mir auch empfehlen, die Schule abzubrechen?«

»Wenn du so fragst: Nein.«

Der Punkt ist, dass ich mir damals diese Frage nicht zu stellen brauchte. Es war einfach klar, dass ich gehen würde. Wenn man sich nicht sicher ist, dann ist der richtige Zeitpunkt noch nicht gekommen. Da kann man nichts dran ändern. Die Entscheidung lag offen von vor mir, streng genommen war da gar keine Entscheidung. Nick erzählt mir von Prüfungen und Noten, von Lehrern, ihren Macken und Hausaufgaben. Das klingt alles so fremd in meinen Ohren. Die Schulzeit liegt weit hinter mir. Viel weiter, als es die paar Monate ausdrücken können. Ich habe damit nichts mehr zu tun, und es ist so, als hätte ich niemals etwas damit zu tun gehabt, als sei ich niemals in der Schule gewesen. Im Rückblick sieht ohnehin alles viel lächerlicher aus. Das war alles so unwichtig, und man wusste es damals schon, nur war man darin gefangen. Man hatte keine Chance, sich dagegen zu wehren, war auf der Suche nach einem Stück Wirklichkeit. Aber nichts Wirkliches hat den Platz der Leere bisher eingenommen. Wir reden über alles und nichts. Wir wechseln uns ab, was das Pinkeln angeht, und diese Unterbrechung ist momentan das einzige Zeitmaß. Da sitzen wir also in einer Sommernacht und reden und reden, und für einen Moment wünsche ich mir, wir wären still. Ich fühle mich plötzlich dumm, unbeholfen und um meine Unschuld betrogen, was das Schmieden von Zukunftsplänen angeht. Ich habe nichts zu schmieden. Da war früher diese Ahnung in mir, dass eines Tages etwas Großes passieren muss, das große Dinge auf mich warten. Aber bis heute ist nichts eingetroffen. Und ganz langsam wird auch mir klar, dass keine Wunder geschehen.

»Weißt du«, werfe ich ein, »die Frage ist auch, was danach kommt.«

Ein Moped knattert in der Nähe vorbei. Der Lichtkegel schwenkt unruhig hin und her. Nach einer längeren Pause, die einen Punkt der grundsätzlichen Ratlosigkeit markiert, beschließen wir, zum Wagen zurückzukehren. Wo vorhin noch die anderen lagerten, findet man jetzt nur noch leere Dosen, Flaschen und Chipstüten. Ich kicke eine Dose quer über die Wiese ins Gebüsch. Ich bin müde. Wie immer, wenn man müde ist, scheint es plötzlich auch kälter geworden zu sein. Ich ziehe automatisch die Schultern hoch, eine dumme Angewohnheit, denn es hilft in keinster Weise. Kaum im Auto, hat Nick die glorreiche Idee, mir seine Schule zu zeigen. Ich bin am Ende, er will noch nicht heim. Ich nenne ihn einen Blödmann, er hält mich für lasch. Nach einigem Hin und Her gebe ich nach. Er ist der Fahrer und lenkt den Wagen ohnehin schon die ganze Zeit über auf das Ziel seiner Begierde.

Wir parken auf dem Lehrerparkplatz.

»In ein paar Stunden treffen sich hier schon wieder die Großkotze, nicken sich aus geöffneten Autotüren zu und bereiten sich innerlich auf den nächsten Verleumdungsangriff auf unliebsame Kollegen und Schüler vor.«

Das Hausmeister hat kein Licht mehr brennen. Wir hoffen, dass er den Hund nicht herumstreunen lässt und klettern über das Eisentor. Wir gehen an den Fahrradständern vorbei, an denen zwei verwahrloste Zweiräder angekettet sind. Vermutlich gibt es einen Geheimbund der Fahrradhalter, der darauf achtet, dass es über die ganze Welt verteilt ein gewisses Maß an scheinbar herrenlosen Fahrrädern gibt. Denn man kann gehen, wohin man will, an jeder Schule, an jeder Uni, vor Kinos oder in der Fußgängerzone, überall gibt es Fahrräder, die dort seit Monaten stehen, ohne dass man je einen gesehen hätte, der sie abgestellt hat, oder von denen man weiß, dass sie zu jemandem gehören. Auf dem hinteren Pausenhof steht eine große Bärenfigur aus Stein. Sie ist zugepflastert mit Aufklebern und Farbkritzeleien. Nick zeigt mir den Haupteingang. Wir schauen durch die Glastür ins dunkle Innere. Ich versuche, mir die Schüler herbei zu denken, versuche mir vorzustellen, wie der Platz hier bevölkert bei Tageslicht aussieht.

Auf dem Pausenhof finden die kleinen Grausamkeiten des Alltags statt. Dummes und beleidigendes Gerede, Zurschaustellung des Egos, Ausgrenzung und Gruppenbildung. Besonders die unteren Klassen lernen hier den praktizierten Sozialdarwinismus. Bei den Elternabenden geht es meist um das Thema ›Gewalt in der Schule – wie trainiere ich mein Kind am besten? Die fünf effektivsten Tritte und Schläge. Braucht mein Kind einen Waffenschein? Lohnt sich eine Lebensversicherung bereits in jungen Jahren?«

Oh ja. Je länger wir uns auf diesem Gelände aufhalten, umso mehr Erinnerungen kommen bei mir hoch. Die ganze Architektur erinnert stark an ein Gefängnis oder an eine Kaserne. Hier wird einem gezeigt, wo es lang geht, und die meisten gehen widerstandslos mit. Es gab Lehrer, die eine regelrechte Hetzjagd auf Raucher eröffneten, weil rauchen auf dem Schulgelände verboten war. Auch ein bisschen Rumknutschen war verpönt und führte unter Umständen zu dummen Sprüchen seitens der Lehrer. Zum Schluss habe ich mich in den Pausen nur noch in die Toilette eingeschlossen. Weil ich es nicht mehr ertragen konnte, weder die Umgebung, noch die Mitschüler, noch die Lehrer. Ich möchte nicht wissen, wie viel Zeit das zusammengezählt wohl ergab. Wochenlang auf dem Schulklo verbarrikadiert, den Gestank von Putzmitteln in der Nase, die weißen Kacheln vor den Augen und diese stechende Verzweiflung in der Brust, ein Gefangener ohne Rechte zu sein, der systematischen, staatlichen Verdummung ausgesetzt und zu Unmündigkeit erzogen.

»Meistens komme ich zu spät, aber wenn ich mal rechtzeitig da bin, rauche ich da vorne am Eingang.« Nickt zeigt zurück auf dem Haupteingang. »Durch den müssen auch die sogenannten Lehrkörper durch, und ich kann dir sagen, jedes einzelne Gesicht verbinde ich mit Hassgefühlen unbeschreiblicher Art. Wie sie vom Parkplatz hierher schleichen. Diesen Ausdruck in den Augen und auf den Lippen. Diese Fachidioten mit ihren braunen Ökoledertaschen oder Aktenkoffern. Und die Frauen mit der Duftwolke und den Strohtaschen. Was ist schlimmer am frühen Morgen, ein gut gelaunter Vorgesetzter oder ein schlecht gelaunter?«

»Keine Frage, ein gut gelaunter. Die Leute mit der schlechten Laune halten meistens ihre stinkende Fresse.«

»Wenn man Glück hat, ja.«

»Jedenfalls ist das bei mir so. Wenn ich gut gelaunt bin, kann ich mit mir selbst nichts anfangen. Es macht mich irgendwie ratlos. Ich glaube, wenn ich gut gelaunt bin, bin ich kaum zu ertragen.« Ich sehe sie vor meinen Augen, diese menschliche Masse genetischen Abfalls. Hunderte von Schülern marschieren durch die Gänge, von einem Klassenzimmer ins nächste. Gleichgeschaltet in Kleidung, Denken und Handeln, bewirkt durch Fernsehen, Zeitschriften und Szenetrends. Es herrscht Krieg, denke ich mir immer wieder, jeden Tag ist Krieg. Wir müssen kämpfen, uns behaupten und beweisen. Wir müssen uns verteidigen gegen andere, die auch Lebensraum für sich beanspruchen, die auch ein Stück vom viel zu kleinen Kuchen des Glücks für sich haben wollen. Und auch bereit sind, uns dafür über die Klinge springen zu lassen. Ob in der Schule oder am Arbeitsplatz, auf der Party oder im Supermarkt: kämpfen, kämpfen, kämpfen. Gegen Stolpersteine, Nebenbuhler, Neider und Tyrannen. Alle wollen dir ans Leder und ziehen und reißen an dir. Eine Hand zerquetscht die andere.

»Hier drüben kommt der Sportplatz, Betonboden. Das Beste, was es gibt.«

Ich sehe Stoppuhren, Startklappen, Messlatten, Barren, Reck und Kletterseil vor mir. Der Körper wird geschunden und geknechtet, gefoltert und misshandelt. Der Wille wird gebrochen und vergewaltigt, erniedrigt und ausgelöscht: schneller, mein Junge, schneller, höher, weiter, fester, ich weiß du kannst das, streng dich mehr an, gib dir mehr Mühe, die anderen können es doch auch. Wo liegt dein Problem, sei nicht so negativ, du wirst dich wohler fühlen, wenn du fit bist. Hundert Meter, tausend Meter, hunderttausend Meter, renne, springe, schwimme, tauche, ohne Luft zu holen, renne um dein Leben. Die Uhr läuft. Sieg Heil!

Wir setzen uns an den Rand des Rasens. Nick steckt sich eine weitere Kippe an.

»Schon allein die Pausenglocke bringt mich um den Verstand. Dieses kleinkarierte Denken in Einheiten von fünfundvierzig Minuten. Diese Erlaubnis, für fünf Minuten ohne schlechtes Gewissen vor die Türe gehen zu können. Für fünf Minuten legal an der frischen Luft. Worte wie Ordnungsdienst, Aufsicht, Eintrag, Bemerkung, Zensur und Zeugnis. Ich fühle mich hier so gefangen und so fehl am Platz. Und den meisten anderen scheint das überhaupt nichts auszumachen.«

Er bläst eine Lunge voll Rauch in die Luft.

»Ich versuche, das alles hier unter dem Gesichtspunkt meines Abschlusses zu sehen. Ich will diesen Abschluss, sonst gar nichts, und dann auf Nimmerwiedersehen. Aber es ist schwer. Und verlogen auf seine Art, denn eigentlich, wozu einen Abschluss machen? Für die Integration in etwas, das ich nicht will?«

Genau mein Gedankengang.

»Das Einzige, was mich hier ab und zu aufmuntert, ist der Sportunterricht. Das ist wie Durchatmen.«

»Nick, halt's Maul. Du enttäuschst mich.«

Wir sind eine Weile still und hören auf die Geräusche der Nacht. Dann plötzlich fällt mir wieder ein, was ich mich schon den ganzen Tag gefragt habe. »Sag mal, Nick, wie bin ich gestern eigentlich nach Hause gekommen?«

Da muss er grinsen, schaut mich von der Seite an.

»Well, du warst sternhagelvoll, würde ich mal sagen.«

»Ja, vermutlich.«

»Du wolltest ums Verrecken nicht in den Wagen steigen, bist auf einmal losgelaufen in Richtung Innenstadt, ohne ein Wort zu sagen. Wir sind dir noch ein Stück hinterher, haben dich gerufen. Aber du hast zu rennen begonnen, und irgendwann haben wir dich laufen lassen. Mehr weiß ich auch nicht.«

»Aha.«

Ich versuche mir auszumalen, wie ich durch die Innenstadt laufe, klinisch tot, mit verbeulter Fresse, leergekotzt, bleich und ausgezehrt. Und ganz dunkel steigen jetzt verschwommene Bilder in mir hoch. Ich sehe mich schlecht rasiert fremde Leute anpöbeln. Ein Dämon hat Besitz von mir ergriffen, flüstert mir seltsame Gedanken ein. Ich pinkle im hellen Licht der Morgensonne mitten auf die Straße. Schmeiße Flaschen gegen Hauswände, trete mit voller Wucht mehrere Rückspiegel von parkenden Autos ab. Spucke gegen Schaufensterscheiben, reiße Telefonhörer aus Telefonzellen und stecke Mülleimer in Brand. Ich werde fast zerrissen von diesem Schmerz in meiner Brust, immer wieder aufs Neue. Etwas Namenloses brennt in mir. Das kann nicht ich gewesen sein, das darf nicht ich gewesen sein. Zuweilen hasse ich mich selbst.

Ich starre in die Dunkelheit.

»Komm, wir fahren«, sagt Nick und steht auf.

Der Schmutz

Falk und ich sind in der Stadt unterwegs. Wir haben nichts Bestimmtes vor, lassen uns von plötzlichen Impulsen treiben. Falk kann sich kaum halten vor Begeisterung darüber, was alles an weiblichem Treibgut in der Gegend zu finden ist.

»Mann, schau dir das an. Was für ein Sommer.«

Ständig dreht er sich um oder geht meterweise rückwärts. Lässig streicht er sich die Haare nach hinten, lächelt versonnen und versucht, den ein oder anderen Blick aufzufangen. Wir beschließen, in ein Café zu gehen. Wir setzen uns auf die Terrasse in den Schatten, nehmen Platz auf grünen Plastikstühlen und fächeln uns mit der Eiskarte Luft zu. Tatsächlich hat man von hier oben einen sehr guten Ausblick auf die Fußgängerzone. Ich erinnere mich, wie ich einmal hier in der Nähe war und schlagartig heftiges Nasenbluten bekam. Ich hatte keine Taschentücher bei mir gehabt, das Blut lief literweise über meinen Handrücken und über den Arm, obwohl ich versuchte, mir die Nase zuzuhalten. Das erste Geschäft, das ich blind ansteuerte, war ein Elektronikladen, in dem mir ein Angestellter mit verschränkten Armen weiszumachen versuchte, dass es hier weder Kunden-, noch Personaltoiletten gäbe. Er schaute mich mit hochgezogenen Augenbrauen an, als ekelte er sich allein durch meinen Anblick. Warum habe ich ihm eigentlich nicht in den Magen getreten? Im zweiten Geschäft konnte man mir zwar auch nicht weiterhelfen, gab mir aber immerhin ein Taschentuch. Was ich dringend brauchte, war kaltes Wasser und Papierhandtücher. Als nächstes hatte ich dieses Café gestürmt, in dem wir jetzt sitzen. Eine Frau sah mich hereinkommen, ließ ihren Löffel ins Eis sinken und sagte »Bääh!« zu ihrer Freundin, die sich eifrig nach mir umdrehte. Aber hier gab es eine Toilette, zu der ich Zutritt hatte. Ein Kellner brachte mir sogar Eiswürfel, was mir bereits wie ein Höhepunkt menschlicher Gnade erschien.

Wir bestellen Cappuccino und drücken die Sahne in die Flüssigkeit, bis die Tasse überläuft. Falk durchlebt Sternstunden der Geilheit.

»Schau dir all die Frauen da unten an. Ich finde an jeder etwas Schönes, an jeder etwas Begehrenswertes. Jede Frau hat ihren eigenen, persönlichen Lockreiz, ihren individuellen Charme. Jedes weibliche Wesen zieht mich an. Ich möchte sie beglücken, sie betören. Jede will ein bisschen angebumst werden. Es ist ein Ding der Unmöglichkeit, dass man sich auf eine beschränken soll. Das ist doch Blödsinn. Ich versuche es, ich gebe mir Mühe. Wenn es ein Mittel gegen Geilheit gäbe, wäre ich ein Junkie. Manchmal denke ich daran, mir den Schwanz abzuschneiden oder mit kastrieren zu lassen. Dann würde ich als Kastratensänger im Kirchenchor Gott lobpreisen, erlöst von den Qualen der Hölle. Dieser unstillbare Hunger nach mehr und immer mehr. Diese Lust auf Exzess, dieses Begehren von Sinnlichkeit, nach Berührung, nach warmer, weicher Haut. Aber davon verstehst du ja nichts.«

Das gleiche, alte Lied. Und der Cappuccino schmeckt verbrannt. »Weiß du, wie das ist, schon morgens mit einem Ständer aufzuwachen? Und morgens hab ich ja nicht mal Zeit zum Onanieren. Im Bus auf dem Weg zur Arbeit, das ist die Hölle, irgendeine schöne Frau sitzt immer da und lächelt geheimnisvoll vor sich hin, ganz abgesehen von all den Schülerinnen. Da stört mich nicht einmal ein zu süßer Deoschwall. Manchmal denke ich daran, an der nächsten Haltestelle auszusteigen und mich in einem Gebüsch zu verschanzen, um mir Erleichterung zu verschaffen. Wenn ich zu meinem Arbeitsplatz in den Lagerraum gehe, komm ich an all den Azubienen und Sekretärinnen vorbei, die täglich andere Klamotten anhaben und immer weniger drunter. Ich werde wahnsinnig bei all den Schenkeln, den Fußkettchen, den Brustwarzen, die unter den T-Shirts hervorstehen, den freigeschneiderten Rücken und den betont zurückgeworfenen Haaren. Ich kann mich kaum konzentrieren. Das geht weiter in der Mittagspause, wenn ich um die Ecke zur Bäckerei gehe, wo die geile Bäckerin arbeitet, und das Freibad ist auch ganz in der Nähe. Das tut richtig weh in der Hose, versteht du das?«

Seine Stimme hat sich fast schon zu einem verzweifelten Schreien gesteigert.

»Falk, die Kellnerin schaut schon so komisch.«

»Mir egal. Warum kommt sie nicht rüber, setzt sich zu uns und plaudert mit? Ich verstehe die Frauen nicht, ich verstehe ihre Weltsicht nicht. Und du weiß ja selbst, wie das ist, abends in den Kneipen und in den Clubs. Eine schöner als die andere. Ist denn das statistisch überhaupt möglich, dass die alle befriedigt sind? Und manche von denen streifen dich auch noch im Vorübergehen, dann bin ich kurz vorm Austicken. Ich glaube, das ist eine Krankheit. Aaaaaaarrrrgh.«

Er lässt den Kopf auf die Tischkante knallen und verharrt in dieser Position. Ich trinke die halbe Tasse mit einem Schluck leer. Mein Mund fühlt sich sahneverschmiert an.

In gewisser Weise hat er Recht. Ich verstehe davon nichts. Ich habe rothaarige Zauberfeen getroffen, aber die wollte nichts von mir wissen. Ich bin mütterlichen Glucken begegnet und sah zu, dass ich Land gewann. Ich habe mit Wildkatzen gespielt und mir meine Kratzer abgeholt. Bis auf Weiteres – nein, danke. Außerdem kann ich es nicht leiden, wenn man mir zu nahe kommt. Falk weiß, dass ich seit ein paar Monaten sogar die Lust am Wichsen verloren habe. Sex ist einfach nur lästig. Außerdem hilft mir dieses kleine Handicap manchmal, einen eigentümlichen, unbelasteten Blick auf das Paarungsverhalten sogenannter menschlicher Wesen zu werfen. Seltsam zuweilen, was einem da offenbart wird. Erzählt mir alles, erzählt mir eure heimlichen Sehnsüchte. Bei mir sind sie gut aufgehoben. Euer unstillbares Verlangen stößt bei mir auf offene Ohren. Glaubt mir, Jungs und Mädels, eure intimsten Wünsche sind mir nicht unbekannt. Vertraut mir einfach, und ihr behaltet für euch, was ihr über mich wisst.

»Schau sie dir an.«

Falk deutet auf die Fußgängerzone.

»Wohin gehen die alle? Was machen die heute Abend? Wovon träumen sie in heimlicher Sehnsucht? Was bringt sie zum Lächeln, was bringt sie zum Quieken? Ich will sie quieken und grunzen hören, die da drüben.«

»Die mit den schwarzen Haaren? Falk, die ist höchstens vierzehn. Obwohl, schöne Beine hat sie ja.«

»Blödmann, weiter links.«

Schräg gegenüber, in einiger Entfernung, steht vor einem Briefkasten eine etwa zwanzigjährige Frau, die in ihrem Rucksack herumkramt. Sie ist vollständig in Schwarz gekleidet und trägt glänzende Schuhe mit hohem Plateauabsatz, wobei an den Seiten silberne Schnallen ins Auge fallen. Sie hat wohlgeformte Unterschenkel, die wie aus einem Guss in zarte Oberschenkel übergehen, die wiederum in einem kurzen Rock verschwinden. Wunderbare Taille, gefolgt von einem sanften Oberkörper. Unter geripptem Stoff sieht man die Formung von zwei Brüsten, die in Proportion zum Körper gar nicht anders sein können. Ein schmaler Hals, um den die halblangen, nach hinten kürzer werdenden Haare spielen. Jetzt hat sie einen Brief hervorgezogen, und an ihren Händen werden Ringe sichtbar, die untereinander mit einer Kette verbunden sind. Sie wirft den Brief ein, hängt den Rucksack wieder über eine Schulter, und weg ist sie. Falk seufzt.

»Sie ist eine der Frauen, die man nie bekommt, die man immer zufällig in Situationen sieht, wie wir sie eben gesehen haben. Man geht in den Aufzug rein, sie kommt raus. Man gibt seine Platzkarte jemand anderem und stellt fest, sie hätte neben einem gesessen. Im Restaurant ist nur noch ein Platz an ihrem Tisch frei, du setzt dich zu ihr, da ist sie fertig und im Begriff aufzustehen. Du gehst über die Straße, sie sitzt im Auto, das an der Ampel hält. Du hast dir den Bus gemerkt, in dem du sie dreimal hintereinander gesehen hast, aber am Tag darauf ist sie wie vom Erdboden verschluckt, und die folgenden Tage ebenso. Du siehst sie nie wieder. Je stärker in dir das Verlangen wird, sie anzusprechen, sie kennenzulernen, umso kleiner wird die Möglichkeit, dass es jemals passiert. Tausend Zufälle sind gegen dich, und niemals triffst du sie allein. Die Umstände machen dich zu einem Sklaven des Begehrens, und gleichzeitig weißt du, niemals wirst du sie kennenlernen. Sie gibt dir keine Chance, sie bemerkt dich nicht einmal, und wenn es tatsächlich so weit ist, wenn du es geschafft hast, zweifelst du an der Wirklichkeit der Situation, bist so verblüfft, wie einfach es auf einmal ist, dass du sie mit einem Ausdruck des Erstaunens ungenutzt vorüberziehen lässt, ohne etwas unternommen zu haben. Wie gelähmt stehst du da und wirst einer eigenen Unfähigkeit wegen von einem grauenhaften Entsetzen gepackt. ARSCHLOCH lautet die Bezeichnung, mit der du dich treffend zu titulieren verstehst, um anschließend das Klischee vom saufenden Versager zu erfüllen, der mit sich selbst und der Welt im Zweifel liegt. Noch Wochen später denkst du voller Gram und Schuldgefühle an die Situation zurück, und mit erhobenen Armen schreist du gen Himmel: »Was, verdammt, was hätte ich tun sollen?«

Sein Blick verliert sich in der Weite, wie er so für einen Moment in eine gedankenverlorene Leere starrt.

»Es ist ein verficktes Problem. Und manchmal schaust du die Frau an deiner Seite an und fragst dich, warum kann das, was du einmal für Liebe gehalten hast, in Monotonie umschlagen? Ruf ich sie an, weil ich sie immer anrufe, oder weil ich sie sehen möchte? Hat sie sich verändert, oder bin ich es? Und wenn sie geht, dann geht sie eben. Und beim nächsten Mal wird alles anders, und bleibt doch immer gleich. Lass uns trinken, mein Freund.«

Wir bestellen Wodka und zahlen. Die Banalität des Alltags bricht früher oder später immer über uns herein.

»Was jetzt?«

Wir stehen draußen vor dem Café, die pralle Sonne lastet auf unserem Gemüt. Ewige Dämmerung ist, was mein Herz begehrt. Wir schlendern weiter durch die Fußgängerzone, lassen uns überholen, ziehen an fetten, alten Frauen vorbei, die mit prall gefüllten Tüten vor Geschäften auf ihre Angehörigen warten. Vorbei an Straßenmalern und Portraitzeichnern. Zwischen spärlich aufgestellten Bäumen und ihren kläglichen Schatten hindurch, die malträtiert von menschlicher Langeweile mit viel Aufwand künstlich am Leben gehalten werden müssen. Vorbei an Fastfoodläden, in denen dunkelhäutige Angestellte mit Schildmützen auf dem Kopf durch die Lokalität hasten und Müllberge umschichten, von Tabletts in Säcke und die Säcke in Container. Auf jeden Bewohner dieser Stadt kommt mindestens eine Ratte. Die Ratten nagen im Untergrund, verstecken sich in den dunklen Ecken, huschen in unseren Augenwinkeln von links nach rechts, ohne sich orten zu lassen, und sie vermehren sich aggressiv, allen Gegenmaßnahmen zum Trotz. Wohin ich auch schaue, überall beherrscht Dreck und Schmutz das Bild. Alles, was öffentlich ist, ja, die Öffentlichkeit selbst steht vor Dreck. Die Toiletten, Telefonzellen, Schulhöfe und Unterführungen. Verdreckte Häuser, Gehwege und die Grünanlagen, alles, was mit dem Menschen in Berührung kommt, geht früher oder später an ihm zugrunde. Der Dreck spiegelt das Innere der Menschen wider. Die Menschen sind der Dreck. Jeder schiebt seinen Müllhaufen vor sich her oder zieht seine Karre voll Scheiße mit Leibeskräften. In jeder Brust häuft sich ungeklärter Schrott. In jedem Kopf stinkt, bohrt und fault es vor sich hin, denn was man einmal zu seinem Besitz erklärt hat, davon will man nichts mehr abgeben. Jedes Herz ist eine Umwälzpumpe für Klärschlamm. Die Stadt wird an all dem eines Tages ersticken. Ich selbst werde am Dreck ersticken. Ich bin mein eigener Mülleimer, der vor sich hin stinkt, um schließlich unter dem Druck der Zeit zu verschimmeln und zu verwesen. Ich erliege meinem eigenen Ballast und bin nicht fähig, ihn abzuwerfen. Ich bin ein Teil der Masse. Ich schiebe mich mit dem zähflüssigen Brei lavaartig durch die Straßen und bin öffentlich. Ich bin ein Teil der Öffentlichkeit, will es nicht sein, habe mich niemals zugehörig gefühlt und bin es trotzdem. Die Masse Mensch ist ein Faktor, mit dem kalkuliert, spekuliert und gespielt wird.

Vor dem Eingang der Kaufhäuser stehen sie zu beiden Seiten und versuchen, ihre Fernsehzeitungen loszuwerden, zunächst mal im kostenloses Probeabo. Und wer hier verschont wird, bei dem klingelt man an der Türe. Es scheppert die Büchse der Hilfsbereitschaft, des Mitleids und des schlecht gemachten Gewissens. Man will mich aussaugen, mich melken. Man sieht in mir den Bürger, den registrierten Einwohner, den potentiellen Kunden. Die Werbung schielt auf meinen Geldbeutel und redet mir Dinge ein, die ich glauben soll. Man zerrt und zieht mich von allen Seiten in verschiedene Richtungen. Alle wollen einem etwas andrehen, wollen einen mit ihren Theorien und Philosophien überzeugen und zum Anhänger derselbigen machen. Plötzlich fühlen sich alle berufen, Ratschläge zu erteilen, alle wissen alles besser und drängen sich mir auf. Und die Masse Mensch steht tatsächlich da und ruft: »Sag mir, was ich machen soll. Sag mir, was ich machen darf. Sag mir, was gut für mich ist. Ich werde mir alles mit dem Ausdruck äußerster Dankbarkeit anhören, aber nichts davon befolgen, weil ich es in Wirklichkeit gar nicht wissen will. Denn meine Wahrheit glänzt im Geschirrspülmittel, hängt zwischen Wohn- und Schlafzimmer, im Vorgarten meines Reihenhauses und unter meiner Motorhaube.« Man muss die Dummheit der anderen immer mit ausbaden. Ich bin der potentielle Urlauber, der potentielle Käufer, Wähler, Spender, Freiwillige. Ich bin das Schlachtvieh in den Augen anderer. Ich brauche keine Gehirnwäsche.

»Hey, Probleme?«, schnauzt mich der Typ an, mit dem ich in meiner Gedankenversunkenheit frontal zusammengestoßen bin.

»Wo?«, frage ich.

»Komm schon«, sagt Falk und winkt dem Typ beschwichtigend zu.

Ich schaue auf all die Schuhe, auf diese Masse von Schuhpaaren, die sich auf dem Betonboden tummeln, sich hin und her bewegen. Dazwischen Kippenstummel, Kaugummis, Papierfetzen und Hundescheiße. Wir kicken Dosen und Plastikbecher in die Menge und schlendern, scheinbar unbeteiligt, weiter. Vor einem Blumengeschäft trinkt ein Schwan aus einer grauen Pfütze. Der Stadtpark mit seinem See ist ganz in der Nähe. Vor einem Plattenladen bleiben wir stehen und beratschlagen. Obwohl man Musik nicht in Geld messen kann, hindert fehlendes Geld manchmal daran, Zugang zur Musik zu bekommen. Wir gehen trotzdem hinein. Eine große Wand aus aufgestellten Fernsehern zeigt auf jedem Bildschirm das gleiche Video. An der Hörtheke hat sich eine Schlange gebildet. Wenn ich sehe, was die Leute da in der Hand halten, wird mir ganz anders. Jeder, der heute einen aufgerüsteten Computer zu Hause stehen hat, kann seinen Geräuschmüll veröffentlichen. Die Folge davon ist, dass wir mit Analmusik überflutet werden. Was man heute unter Bezeichnung »Musik« angeboten bekommt, wird in Wahrheit immer musikunähnlicher. Ein wenig Gefiepse hier und Gefiepse da, einen Beat drüber oder drunter, den Bass für die Eingeweide nicht vergessen, und fertig ist das Restegulasch. Techno und Konsorten sind die Einigung auf den primitivsten gemeinsamen Nenner. Techno ist die Vorbereitung auf den nächsten Weltkrieg. Techno spricht die niedrigsten Instinkte im Menschen an. Bums, bums, bums. Ich blättere mich durch die CD-Fächer, stülpe mir hier und da einen schweißbenässten Kopfhörer über und bleibe unberührt und kalt. Ich lese die Titel und Namen auf den Covern, habe genug von der allgemein üblichen Durchschnittlichkeit, vom gesunden Mittelmaß und der Verwässerung. Ich habe genug von aufgeblasener Leere und minimalen, strategisch wohlbedachten Höhepunkten. Ich habe genug von all den Fassaden und Pinselstrichen, die die klägliche Substanz übertünchen sollen. Ich will den absoluten Hammer, die ultimative Qualität, die keine Fälschung neben sich duldet. Ich will die Wahrheit und nichts als die Wahrheit. Denn was auch immer das sein mag, wie es auch klingen mag; wenn es aus sich selbst heraus echt ist, kann ich es akzeptieren und schätzen, vielleicht sogar lieben. Aber wer verschenkt sein Herz schon an einen lauwarmen Aufguss halbgarer Lügen? Ich sage Falk Bescheid und warte draußen vor dem Eingang auf ihn. Ich schaue mir die Busfahrpläne an, deren Abfahrtzeiten mich nichts angehen und fühle mich etwas matt im Kopf. Es ist noch gar nicht so lange her, da konnte ich mir nicht genug Platten kaufen, alles schien interessant, nahezu alles hörenswert. So vieles hat mich entzückt und entrückt, mich mitgerissen, war der blanke Sinnesrausch und Nervenkitzel. Doch die Vergänglichkeit hält mich am Kragen gepackt. Meine Offenheit, meine Neugierde lässt nach. Die Impulse sind noch da, aber ich schaue sie mir an und gehe ihnen nicht mehr nach. Ich beschneide die Möglichkeiten, indem ich Ergebnisse vorwegnehme und nenne das Erfahrung. Ich kann nicht ewig trinken, so kiffen und endlos auf der Piste sein. Man wird zur Karikatur seiner selbst. Ich kann in keinen Kaufrausch mehr verfallen. Ist das die schleichende Verkalkung? Sind das Anzeichen vom Absterben, oder hat das nur etwas mit der Überhandnahme sogenannter Vernunft zu tun? Irgendwie schäme ich mich. Für meinen Mangel an Begeisterungsfähigkeit. Ich versuche, das Fahrzonensystem der Busgesellschaft zu durchschauen. Tauben laufen mir vor die Füße mit ihrem verschmutzen Gefieder und ihrem zuckenden Kopf, so als müssten sie der Guillotine ausweichen. Ihren gurrenden Ton habe ich stets als obszön empfunden. Während ich da so stehe, meine ich, ein langsam anschwellendes Gemurmel zu hören. Das hat einen Flair von Meeresrauschen, aber ich kann es nicht richtig einordnen. Erst als der Verkehr auf der nächstgelegenen Straße deutlich abnimmt und zwei Polizeiwagen mit stummgeschalteten Blaulichtern in Schritttempo vorbeifahren, dämmert mir, wohin dieser Klang gehört. Ganz langsam schwillt der Pegel an, und ich kann die ersten Reihen einer Demonstration die Straße entlang kommen sehen. Sprechchöre ertönen in rhythmischen Mustern, und die erste Reihe hat ein großes Transparent aufgerollt, an dem sich die unterschiedlichsten Hände pflichtbewusst klammern, das wie ein Schutzschild vor sich hergeschoben wird. Passanten bleiben stehen und schauen, was da wohl kommen mag. Pfiffe der Demonstranten vermischen sich mit Rasseln und lauten Rufen. Welche gemeinsame Empörung, welches vereinigende Bestreben mag diese Meute wohl zusammenhalten? Ich komme nicht umhin, an einen Faschingsumzug zu denken. Oder eine Militärparade. Ich sehe schlecht rasierte Gesichter und schlabbernde Pullis, ebenso Lederjacken und sogenannte Palästinensertücher. Da sind Muttis mit Kindern an der Hand und Pappis mit Nickelbrillen, die Karohemden tragen, bei denen der oberste Knopf offen ist. Scheint sich hier um irgendwas Linkes zu handeln. Aber das spielt keine Rolle. Könnten genauso gut Kahlschädel mit zu großen Schuhen und Hosenträgern sein. Es gibt immer einen Grund, für oder gegen etwas auf die Straße zu gehen. Genauso, wie es immer einen Anlass zum Feiern und zum Saufen gibt, wenn man nur einen finden will. Zu behaupten, man wüsste, was Gerechtigkeit ist, stellt an sich schon eine Ungerechtigkeit dar. Der Gang der Geschichte kann alleine laufen. Irgendein Kleintierzüchterverein geht immer auf die Straße. Heute die eine Mannschaft, morgen die Gegenpartei. In manchen Ländern wird Bürgerkrieg daraus, oder man klopft sich halt ein bisschen auf dem Schädel herum. Ich will das haben, ich will jenes haben, Papa, aber das da will ich nicht, und der andere darf das auch nicht. Was soll's? Ich glaube an keinen Staat, an kein Gesetz, an kein System, an keine Ideologie. Die Idee der Politik ist so nichtig, dass man sie nicht einmal verachten kann. Ich glaube nicht an den Menschen. Für mich stehen alle Menschen auf einer Stufe. Alle sind gleich wertlos, ungültig, uninteressant, überflüssig. Sie sitzen alle in der gleichen Situation fest. Da kann man noch so tolle Utopien haben, Zivilisationen errichten oder vernichten, Abkommen schließen, Verträge aushandeln und Umfragen vornehmen. Welche Meinung man hat, welche Vorstellung von Gerechtigkeit, woran man persönlich glaubt oder nicht, ist völlig belanglos. Was man sich wünscht, hofft oder träumt, spielt keine Rolle. Auch, welche Ängste man hat und welche Sorgen. Nichts davon zählt. Ob man ausgeglichen und integriert oder unzufrieden und zynisch ist, spielt keine Rolle. Nichts spielt eine Rolle. Für das Leben an sich hat das keine Bedeutung. Wir sind vollkommen frei, wir sind vollkommen verloren. Alles ist völlig scheißegal, sieht das denn niemand?

Als Kind war ich vom Mehrwissen der Älteren berauscht. Ich war neugierig, lernbegierig, wollte alles erklärt bekommen. Aber irgendwann stellte ich fest, dass man Fragen stellen kann, auf die es keine eindeutigen Antworten gibt. Fragen, auf die umständliche Interpretationen folgen, Lügen oder ein Achselzucken. Mit der Feststellung, dass im Grunde niemand etwas wirklich weiß, kam ich mir vor, als wäre im Keller das Licht ausgegangen. Da steht man nun. Gut. Was dann? Ich habe das Vertrauen, die Naivität und den guten Glauben an den Menschen und sein Tun verloren. Als Kind wünschte ich mir tatsächlich, ein Vorbild zu haben, jemanden, zu dem es sich lohnt, aufzublicken und ihm nachzueifern. Jemanden, um den es schade ist, wenn er stirbt. Jemanden, dessen Handeln mich beeindruckt. Was für Hirngespinste waren das? In dieser Hinsicht kann ich mich für nichts mehr begeistern. Die Geschichte hat gezeigt, wohin letzten Endes alles führt. All die Ideale, Leitfiguren, Sekten, Parteien, Rockstars, Philosophen, Religionen sind lediglich durch den Organisationsgrad gekennzeichnete Einheiten, die auf dem Spielfeld der Ewigkeit auftauchen und wieder verschwinden, so wie der Mensch. Humba, humba, täteräää, und die Zeit zieht an der Spülung. Der Nächste bitte.

Was für ein unsinniger Scheißdreck all das. Angewidert von den komischen, ernsten Mienen der Demonstranten, wende ich mich ab und bin froh, als Falk aus dem Laden kommt. Er steckt sich eine Kippe an und hält mir die offene Plastiktüte hin.

»Konnte mich nicht beherrschen. Könnte dich auch interessieren.«

»Schon möglich.«

Eine Verabredung mit Thomas hängt noch in der Luft, aber er ist auch einer von jenen, mit deren Erscheinen man nicht allzu fest rechnen sollte. Nur eine winzige Kleinigkeit, der Anflug einer Laune, und das Treffen ist geplatzt. Man wird ohne Begründung versetzt und noch dumm angeschaut, wenn man eine glaubhafte Erklärung hören möchte. Wir sitzen in dem vereinbarten Café und blättern uns durch CD-Booklets. Vor uns steht das zweite Bier, als Thomas mit seinen knapp zwei Metern durch die Türe schreitet.

»Hey, Jungens.«

Die Bedienung scheint er besser zu kennen: »Hallo Evelyn«, grüßt er sie und erntet ein Lächeln. Thomas bekommt das Gleiche wie wir, ohne dass er was sagen muss. Wir stoßen an, prosten uns zu und schlucken. Auch Thomas geht wieder zur Schule, um einen höher qualifizierten Abschluss zu erreichen, um dann in eine Universität rennen zu können. Weiter habe ich nicht gefragt, aus Angst vor einem Schweigen, das auch mein eigenes sein könnte. Das Bier rinnt die Kehlen hinunter, und die Zungen werden lockerer. Es ist gegen vier Uhr nachmittags, und wir nehmen uns vor, die Kneipe nicht vor Einbruch der Dunkelheit zu verlassen. Bis es so weit ist, trinken wir noch mal eines. Und wieder werde ich Zeuge des Phänomens, dass man sich als Herr der Lage fühlt, als derjenige, der alles unter Kontrolle hat, obwohl die Tatsachen einen eigentlich eines Besseren belehren müssten. Wir spielen Dart. Dass ein geworfener Pfeil überhaupt die Scheibe trifft, ist die Ausnahme. Bei der Punktezählung blickt keiner mehr durch, ständig brechen Pfeilspitzen ab, und die Wurfreihenfolge unterliegt ständigen Diskussionen: »Wenn du der Vorletzte warst, dann ist der Letzte vor dem Vorletzten auch der

Nächste«, und so weiter. Wieder einmal ordnet sich die Welt in meinem Kopf in anderen Maßstäben. Ich sehe mich selbst am Geländer die Treppen zu den Toiletten hinuntergleiten, um mit angewinkelten Knien aus der Hocke ins Pissoir hinaufzupissen. Nach dem Händewaschen reiße ich mindestens acht Papierhandtücher mit. Wieder oben angekommen, trinke ich an einem Bier weiter, an dessen Bestellung ich mich zwar nicht erinnern kann, das aber eindeutig an meinem Platz steht. Ich verziehe hin und wieder mein Gesicht, weil ich das Gefühl habe, es ist eingerostet. Das Dartspielen haben wir aufgegeben. Wir haben die Pfeile nicht mehr gefunden. Thomas blödelt mit der Bedienung herum. Vielleicht springt eine Freirunde Hochprozentiges dabei heraus. »Oh, Evelyn«, höre ich die ganze Zeit. Kaum habe ich ausgetrunken, steht auch schon wieder ein volles Glas da. Ist das nun freundliche Aufmerksamkeit oder bloßer Umsatzzwang? Zwischendurch verschwindet mal Falk aufs Klo, dann Thomas. Ich habe jegliches Zeitgefühl verloren, aber die Gäste ändern sich mit der Uhrzeit. Waren anfangs noch Rentner und junge Mütter mit ihren Bälgern da, um Fruchtsaft und Kaffee zu trinken, trudeln nach und nach die Feierabendalkoholiker und Stammsäufer ein, gemischt mit Gelegenheitstrinkern und Gästen der Zufallsquote. Evelyn wird stärker beansprucht, und Thomas kehrt an unseren Tisch zurück. Ich habe die Inneneinrichtung vorwärts und rückwärts angeschaut und weiß gar nicht mehr, wohin mit meinen Augen. Ein Nachmittag, der Anflug eines Abends ist vertan, gleitet uns behutsam, aber beständig aus den Händen. Draußen dämmert es langsam, und plötzlich stehen Tequilas auf dem Tisch. Wir lachen und ich weiß gar nicht mehr, worüber. Wir kippen die Tequilas, bevor sie schlecht werden. Einer von uns, es könnte sogar ich gewesen sein, beschließt, dass es Zeit wird zu gehen. Draußen stehe ich herum und schaue, wo die anderen geblieben sind. Ohne mich um Passanten zu kümmern, kotze ich in einen nahestehenden Brunnen. Das hinterlässt keine Spuren und ist leicht zu treffen. Als ich mich wieder aufrichte, lachen sich die beiden anderen kaputt. Wir laufen, und ich weiß nicht, wohin. Darauf angesprochen, bleiben wir stehen. Die anderen wissen es auch nicht.

»Was hast du gezahlt?«

»Höchstens die Hälfte.«

»Ich meine, welche Getränke hast du bezahlt? Das Bier oder die Tequilas?«

»Ich habe nichts getrunken. Ich habe bloß bestellt.«

»Ich habe getrunken und nichts bezahlt.«

»Dafür hast du auch gekotzt.«

»Und dafür zahle ich nichts.«

Ziellos

Der Tag ist bereits verregnet, als ich aufwache. Ich registriere es im Halbschlaf und drehe mich auf die andere Seite. Als ich das nächste Mal auf die Uhr schaue, ist es über eine Stunde später. Ich kann mich nicht entschließen, aufzustehen. Ich habe keinerlei Verpflichtungen, keine Pläne, nichts Bestimmtes vor. Ist das nun eine Art von Freiheit oder von Leere, die vor mir liegt? Ich bleibe einfach liegen. Die Döserei macht einen fertig. Sie zieht einen ganz nach unten, gibt weder Kraft noch lässt sie einen richtig abschalten. Die ganze Zeit über denke ich: Gleich stehe ich auf, gleich. Dicke Tropfen klatschen auf den Fenstersims und auf die Steinplatten im Garten. Irgendwann höre ich Stimmen im Kellergang. Zuerst gehe ich davon aus, dass die Vermieterin nur Getränke holt oder, dem Wetter zu Trotz, das Kaninchen in den Garten setzt, aber dann kann ich noch eine andere Stimme ausmachen, die ich nicht kenne. Vielleicht eine Nachbarin. Worüber sie sich unterhalten, kann ich nicht verstehen. Ich hoffe nur, sie verschwinden gleich wieder. Im Grunde werde ich von meiner Vermieterin in Ruhe gelassen, aber wenn ich im Bett liege, und sei es auch am späten Vormittag wie heute, stört mich selbst ihre Stimme. Eigentlich jede nur denkbare Stimme. Auch wenn die Welt nichts von mir will, wenn sie mich nicht direkt bedrängt mit irgendeiner Anforderung, so machen mir die Schritte auf dem Kellergang klar, dass die Welt einen immerzu herausfordert, unerbittlich. So lange ich lebe, werde ich dieses Gefühl nicht loswerden, dass sich da draußen irgendwas vorbereitet, das gegen mich sein wird, das mir mein Dasein zur Hölle machen wird, wenn ich nicht genau aufpasse. Langsam fange ich an, mich zu ärgern. Mit einem Ruck schlage ich die Decke zurück und stehe barfuß auf dem kalten Stück Kellerboden, für das der Teppichrest nicht mehr gereicht hat. Was für ein Tag liegt da vor mir? Inzwischen ist auch mein Körper aufgewacht, und ich sollte auf die Toilette, aber das geht jetzt natürlich nicht. Die Stimmen bleiben auf gleichmäßigem Lautstärkeniveau. Ich schau in der Ecke nach, ob die Spinnen an ihren Plätzen sitzen. Es geht nichts über eine gewisse Ordnung. Wovon wollen die eigentlich leben? So weit, dass ich sie füttere, geht meine Liebe zu ihnen auch nicht. Als Untermieter sind sie lediglich geduldet. Manchmal habe ich Lust, sie mit einer zusammengerollten Zeitung auf die Wand zu klatschen, aber ich beherrsche mich. Erst wenn sie ihr zugestandenes Terrain verlassen, begeben sie sich in Lebensgefahr. Das ist natürlich Despotismus, denn das Terrain bestimmte ich. Draußen auf dem Gang wird geredet und geredet. Langsam sollte ich dringend auf die Toilette gehen. Kleinere Geschäfte erledige ich in Sonderfällen im Waschbecken, aber heute sehe ich große Dinge auf mich zukommen. Ich kneife die Arschbacken zusammen und ziehe die Vorhänge zurück. Wenn ich mir das gestapelte Geschirr anschaue, wird mir klar, was es heute zu tun gilt. Ich stelle mir vor, dass die Stimmen da draußen jetzt einfach immer leiser werden und ich Worte der Verabschiedung hören kann, aber es nutzt nichts. Wie lange wollen die da noch stehen? Ich habe keine Lust, mich in meinen Shorts an den beiden vorbei zu drängeln, einen guten Morgen zu wünschen und dann minutenlang im Klo zu verschwinden. Als ich meine einzige überlebende Pflanze betrachte, alle anderen haben es bei mir nicht ausgehalten, habe ich die Lösung. Ich nehme den Übertopf, stelle ihn auf den Boden und scheiße zielsicher hinein, was mir fürs Erste eine ungeheure Erleichterung bringt. Zum Glück sieht das niemand. Den Hintern wische ich mir mit Papiertaschentüchern ab. Als ich mir sicher bin, dass im Keller wieder Stille eingekehrt ist, gehe ich duschen. Das Wasser berührt mich kaum, aber ich friere, was das Zeug hält. Wer warmes Wasser haben will, muss den Boiler am Vorabend einschalten. Das sind Dinge, die in meinem Kopf keinen Platz haben.

Ich schaue in meinen Kühlschrank, obwohl ich ganz genau weiß, woraus sich der Inhalt zusammensetzt: Ein Fläschchen Pflaumenschnaps, noch vom Vormieter, eine abgelaufene Butter und ein paar Brösel, bei denen ich mich immer frage, wie sie in den Kühlschrank kommen, denn ich gehöre nicht zu den Leuten, die ihr Brot dort lagern. Außerdem eine Möhre, für die ich in einem wahnwitzigen Anfall von gesunder Ernährung extra in den Supermarkt gegangen bin. Ich weiß nicht, ob man die noch essen kann. Das innere des Plastikbeutels sieht recht seltsam aus. Ich schaue sogar in mein Tiefkühlfach, obwohl ich ganz genau weiß, dass da nichts drin ist. Angesichts dieser Sachlage muss ich mir eine Alternative einfallen lassen, und während meine Finger noch auf die offene Besteckschublade trommeln, weiß ich längst, dass ich zum Imbiss gehen werde. Wieder mal.

Als ich aus dem Keller auftauche, muss ich feststellen, dass die Sonne scheint, wie besessen von dieser Tätigkeit. Sie strahlt vom Himmel, als ob sie nichts Besseres zu tun hätte. Sie blendet und schmerzt in den Augen, und das Widerlichste ist, dass die Leute auf sie hereinfallen. Sie versammeln sich wie die Schnaken und Konsorten um das Licht, um ihm zu huldigen und es anzubeten. Jacken werden lässig über die Schulter geworfen. Sonnenbrillen kommen zum Einsatz, die Angeber haben die Dächer ihrer Cabriolets verschwinden lassen, sind aber zu feige, ohne Halstuch zu fahren. Plötzlich wollen alle draussen sitzen, auch wenn es direkt an der Hauptverkehrsstraße ist. Sonntags droht die Invasion der Radfahrer und Hundehalter. Überall stinkt es nach gegrillten Würstchen, die Hobbygärtner krempeln ihre Ärmel nach oben. Wenn du Käfer auf deiner Hose hast und dich Wespen durch das offene Fenster ungewollt besuchen kommen, um deine Wohnung zu inspizieren, wenn dir die Fliegen durch ihr Gebrumme den letzten Nerv rauben und sie immer wieder gegen die Scheibe fliegen, dann weißt du, hip, hip, hurra, der Sommer ist da. Das Auf- und Abtauchen aus meinem Keller wird zum Eintauchen in eine andere Welt.

Der Imbiss liegt an einer Hauptstraße. Die Pächter wechseln oft, nur das Angebot bleibt das gleiche. In der Mitte der übergroßen Fenster kleben verschiedenfarbige Aufkleber. Eine Eins mit Stars and Stripes, ein Adler, ein rotzackiger Stern. Beim Betreten schlägt mir der Geruch von Fett, Zwiebeln und Kaffee in Pappbechern entgegen. An den Tischen, deren Platten so angebracht sind, dass man bei durchschnittlicher Körpergröße bequem die Ellbogen aufstützen kann, sind drei pubertierende Schirmmützenträger gerade dabei, die Konsequenzen ihrer Bestellung zu vertilgen. In ihrer Mitte steht ein Aschenbecher, der drei qualmende Zigaretten enthält, vermutlich rauchen sie alle drei die gleiche Marke. Ich kann förmlich sehen, wie sich in ihren Mägen eine zähe, klebrige Masse aus Zuckerwasser, Rindfleisch, Mayonnaise und verschlucktem Kaugummi ansammelt, denn für manche stellt gleichzeitiges Laufen und Kauen eine Überforderung dar. Ihre Haare sind kurz geschoren, als seien sie eben aus dem Lager entlassen worden. Große Ohrringe, stumpfsinniger Gesichtsausdruck und flache Sprüche für weiche Hirne. Sie tragen zu große Jacken über Trainingsanzügen mit Markennamen – wie Auszeichnungen und Verdienstkreuze. Auf ihren großen, breiten Stirnen haben sie das Wort »Arschloch« tätowiert, und wenn sie in den Spiegel schauen, müssen sie grinsen und wissen nicht warum.

Der ausgezehrte, heruntergekommene Mann mit dem Kassengestell auf der Nase schiebt mir meine großen Pommes rüber.

»Was drauf? Pommes oder Ketchup?«

Ich glaube, er schaut mich an, aber irgendwie schaut er auch durch mich hindurch. Sein Interesse für meine Antwort hält sich in Grenzen. Er fragt mich bereits zum dritten Mal, als könne er sich kein einziges Wort merken. Seinen eigenen Versprecher hat er nicht registriert. Ich schon.

»Pommes«, sage ich.

Er zieht eine verärgerte Grimasse.

»WAS AUF DIE POMMES DRAUF SOLL, WILL ICH WISSEN!«

»SENF!«

»NA, ALSO!«

In der Ecke hat man einen Farbfernseher platziert, der momentan Werbung für Waschmittel bringt, aber der Ton ist abgestellt. Über die Lautsprecher an der Decke tönt Geräuschmüll aus stupiden Beats, Weichspülmelodien und undeutlich gesprochenen Texten, die von Geld, Babys, gefährlichen Typen, schnellen Autos und Individualität faseln. An meinem Schuh kleben Zwiebelringe. Mit einem Taschentuch ziehe ich sie von der Sohle und werfe das Ganze, zu einer Kugel zusammengerollt, in den Müll. Die Pommes sind lau, keinesfalls richtig durch. Der Senf ist mit Wasser gestreckt. Es gibt immer zwei Möglichkeiten, um eine Sache zu handhaben, zwei Arten, sich seinen Alltag einzurichten. Egal ob Architekt oder Putzfrau, Stabhochspringer oder Bohrinselarbeiter. Ob Kaffee kochen, Nase bohren, Computer programmieren oder Kriegsattacken planen. Macht doch, was ihr wollt, aber macht es richtig. Meine Aufgabe ist es nicht, »du« zu sein, meine Aufgabe kann nur heißen, »ich« zu sein.

Mit dieser überfetteten Mahlzeit im Magen überlege ich, was man mit dem Tag alles anstellen könnte. Ich muss daran denken, dass die Leute an der Tankstelle schon am arbeiten waren, als ich noch im Tiefschlaf lag, und sie sind es immer noch. Das ist immer wieder schockierend, denn sie werden noch ein paar weitere Stunden beschäftig sein, wenn ich sie schon längst wieder vergessen habe. Lieber langweile ich mich aus eigener Schuld zu Tode, als dass ich mich in ein vorgefertigtes Lebensmuster füge, mit einer Beschäftigung, die ich innerlich verachte. Ich schlendere ziellos durch die Straßen, schaue dem Treiben der Welt zu, das mich irgendwie nichts angeht. Mit dem ich auch nichts zu tun haben will. Männer, Frauen, Kinder sorgen schon von alleine dafür, dass die Welt sich immer weiter dreht. Sinnlos um die eigene Achse. Ich komme an einer S-Bahn-Haltestelle vorbei und stelle mich zu den Wartenden. Wie ein riesiger Wurm mit Knopfaugen erscheint die Bahn plötzlich in Sichtweite. Die Leute am Bahnsteig werden unruhig, wie eine Viehherde bei Anzug von Gefahr. Die Raucher nehmen einen letzten Zug, alte Damen und Herren versuchen aufzustehen, Hände greifen nach Gepäcktaschen oder Kinderwagen. Die Unentschlossenen verlassen ihren Standort und hasten eiligen Schrittes den Bahnsteig entlang, um ganz an die Spitze des Zuges zu gelangen oder irgendwo anders hin. Hauptsache nicht da, wo man die ganze Zeit stand, denn überall anderswo scheint es besser zu sein. Der Zug bremst ab, die Türen gehen auf, und heraus quillt menschliche Scheiße. Jeder Wagen scheint sich zu erbrechen, misshandelt von so vielen Fußtritten wäre das kein Wunder. Wer so viele Ärsche sehen muss, geht früher oder später daran zugrunde. Kaum sind die einen draußen, drängelt schon die nächste Generation von Fahrgästen nach, begierig darauf, abtransportiert zu werden. Recht so. Türen zu und Abfahrt. Auf Nimmerwiedersehen. Ich schaue diesem stählernen Wurm nach und versuche mir vorzustellen, dass gerade jetzt, in diesem Moment, in ganz Deutschland tausende von Bahnen unterwegs sind mit tausenden von Menschen, die alle irgendwohin wollen. Auf dem ganzen Planeten kriecht und zuckt es. Die Menschheit windet sich, ist ein unüberschaubarer Ameisenhaufen, oder vielleicht doch bloß ein gedopter Hühnerstall? Mit diesem Gedanken im Kopf lasse ich mehrere Bahnen ankommen und abfahren, ehe ich mich entschließen kann, den scheinbar überlegeneren Standpunkt des Betrachters aufzugeben und mitzuspielen. Ich steige ein, ohne bestimmten Grund. Ich werde bis zur Endstation fahren, denn dort war ich noch nie. Meine Platzwahl fällt auf einen Sitz schräg gegenüber von zwei Frauen, die in eine Unterhaltung vertieft sind. Die eine schätze ich auf vierzig, die andere ist bestimmt sechzig. Ihre Stimmen sind so laut und nervend, es gibt praktisch keine Möglichkeit, den beiden nicht zuzuhören.

»Wissen Sie, wenn man noch jünger ist, dann kann man sich überhaupt nicht vorstellen, welche Belastungen mit der Zeit noch auf einen zukommen«, sagt die Ältere von beiden. »Ich weiß es doch von mir selbst. Nie habe ich daran gedacht, dass mir so viele alltägliche Dinge später einmal schwer fallen würde, das Treppensteigen zum Beispiel.«

Und?, denke ich mir, hätte das irgendwas geändert? An deinem damaligen Leben oder an deinem jetzigen?

»Ja, das stimmt schon«, pflichtet die Frau bei, die neben ihr sitzt. »Ich merke das in kleinen Dingen auch eher als noch vor fünf Jahren. Die Wetterfühligkeit hat bei mir unheimlich zugenommen. Gerade jetzt in den letzten Tagen war es ganz schlimm.«

»Ja, ich habe einige Bekannte, da sehe ich das immer mit an. Das Wetter ändert sich momentan aber auch dreimal täglich. Wissen Sie, mir selbst macht das ja nichts aus, aber bei anderen, bei Leuten mit Herzbeschwerden, tut es mir richtig leid.«

»Ja, die Wetterwechsel schlagen einem ganz schön aufs Gemüt.«

Und wenn es nicht das Wetter wäre, dann wäre es euer Dauerhusten oder eure Krampfadern, eure Frisuren oder eine Nagelbettentzündung. Und wenn ihr selbst nichts zum jammern vorzuweisen habt, dann sind die Nachbarn an eurem schlechten Schlaf schuld oder die Kinder oder deren Kinder. Und wenn es nichts in der Gegend gibt, oder in der Familie, dann sind es die Politiker, die alten oder neuen Zeiten oder das Geld oder die Handwerker, die Höhe der Telefongebühren oder die Qualität des Salats im Supermarkt. Versteht ihr das? Könnt ihr das verstehen, dass euer Geschwätz mit aller Deutlichkeit zeigt, was für ein Dreck ihr seid?

Vor hundert Jahren hat der Satz »Hab Ehrfurcht vor dem Alter« bestimmt noch eine gewichtigere Rolle in der Erziehung gespielt als heute. Aber es ist einer dieser Sätze, die ich mitbekommen habe, bei denen mich immer ein ungutes Gefühl beschlich, eine innere Abneigung, die ich nicht ohne weiteres begründen konnte. Heute weiß ich es besser. Schaut sie euch an, die alten Gesichter, und ihr werdet feststellen, dass man es mit belebten Fleischklumpen zu tun hat. Ich kann sie sehen, in den Supermärkten, in den Straßenbahnen und in der Oper, vor den Kirchen, auf offener Straße tragen sie ihre Gesichtsfratzen, ohne sich zu schämen. »Ehret das Alter«, ergibt vielleicht Sinn, wenn ein Mensch mir Etwas mitgeben kann, etwas Wesentliches, wenn dieser Mensch eine Aura der vibrierenden Zeit um sich hat, eine Art von Stille in sich und die Luft um ihn herum gesund ist und sich mit wohlwollender Frische atmen lässt. Aber da man heute nichts mehr dergleichen findet, bleibt auch kein Grund, das Alter zu ehren. Ganz im Gegenteil, ich verachte es. Alten Menschen sieht man es an, ob sie gelebt haben, oder ob sie unter ihren Masken gestorben sind. Ich sehe nur versteinerte Schichten faltigen Drecks um erloschene Augen und einen Mund, aus dem der Schwachsinn tröpfelt oder geifert, je nach Charakter. Und erzähle mir niemand etwas von harten Zeiten, von Entbehrungen, Kriegen, denn das sind äußere Umstände, die im Wandel begriffen sind. Niemand hat nur gelitten oder nur Pech gehabt. Niemand hat ausschließlich ums Überleben kämpfen müssen oder war gezwungen, seine Entscheidungen anderen zu überlassen. Man schiebt Verantwortung immer gerne von sich. Was ich sehe, sind alte Menschen, die sich im Altersheim zur Mittagszeit täglich neu um den Sitzplatz im Speisesaal streiten. Die sich in die Haare bekommen, weil der Nachbar mehr Fleisch auf dem Teller hat. Ich sehe alte Menschen, die nur in der Vergangenheit leben, nicht weil es ihr gutes Recht ist, sich für die ständigen Neuerungen der Gegenwart nicht mehr interessieren zu müssen, sondern weil sich an der Vergangenheit nichts mehr ändern, sie sich höchstens glorifizieren und verfälschen lässt. Weil sie heute für das »Jetzt« genauso schwach und unfähig sind, wie sie es damals waren. Ich halte mich nicht für besser oder schlauer, denn das Grundmotiv ist die Hilflosigkeit und Ratlosigkeit, wie man mit diesem kleinen Leben zurechtkommen soll. Aber man muss sich seine Hilflosigkeit eingestehen können und dann nach neuen Perspektiven Ausschau halten. Stattdessen lügen sich die meisten langsam dem Ende entgegen. Und was bleibt, ist die letzte Angst vor dem unausweichlichen TOD, der kommen wird, uns alle holen wird. Aus Kindern werden Leute, fragt sich nur, was für welche, denn die Dummheit der Eltern pflanzt sich in den Kindern fort. Als hätten die beiden meine Gedanken erraten, kommen sie wie von selbst auf das Thema. Diesmal ist es die Jüngere, die auch mal was sagen will.

»Und dann diese Hitze, die macht meinen Schützlingen im Seniorenstift das Leben besonders schwer.«

»Ja, diese Hitze. Scheint die Sonne, ist es immer gleich zu warm. Regnet es dann, ist es auch wieder nicht recht.« Sie lacht ein Lachen, das sich anhört, wie das Meckern einer Ziege. »Hehehehehehehehehe.«

»Wie geht denn die Arbeit im Stift so von der Hand derzeit?«

»Ah, wissen Sie, ganz einfach ist es ja nie. Wenn man so viel Elend sieht, braucht man schon einen gewissen Ausgleich. Ich besuche täglich mindestens drei Menschen, die keine Angehörigen mehr haben. Die freuen sich so, wenn jemand kommt, mit dem sie reden können. Aber zur Zeit betreue ich mehr die Sterbenden. Da sitzt man dann stundenlang am Bett, betet mit ihnen, singt ihnen etwas vor. Ich halte ihre Hand, erzähle ihnen, was sich draußen auf der Straße abspielt, füttere sie. Das Wichtigste ist, dass jemand da ist, dass diese Leute nicht alleine sind. Tag wie Nacht.«

So weit, so gut, denke ich mir.

»Das gibt mir selbst unheimlich viel. Wie dankbar diese Leute sind, und dabei sind sie auf einen angewiesen. Mit dieser Dankbarkeit geht man ganz anders nach Hause, fast schon beschwingt. Jeden Tag will ich etwas Gutes tun. Schon zur eigenen Gewissensberuhigung. Mein Mann sagt immer, du wirst dich noch übernehmen, aber ich denke, die anderen brauchen mich doch so. Da kann ich nicht an mich selbst denken. Die anderen brauchen mich doch so. Letzte Woche hatte ich zwei Sterbefälle, diese Woche waren es schon drei. Ich bin also gut beschäftigt. Zu Hause bleibt vieles liegen, aber was will man machen? Diese Kraft, wissen Sie, diese Kraft, die ich aus der Arbeit ziehe, die hilft mir selbst. Wenn ich die anderen leiden sehe, denke ich, mir geht's im Vergleich gut, man darf sich nicht beschweren. Und die freuen sich so, wenn ich komme, da fange ich dann auch an, mich zu freuen …«

Ich wechsle das Abteil, ich halte das nicht mehr aus. Immer, wenn ich mit öffentlichen Verkehrsmitteln fahre, habe ich hinterher das Bedürfnis, zu duschen. Und es bestätigt sich Tag für Tag, dass die Öffentlichen nurmehr für Geistesgestörte, Kranke und Alte da sind. Dreck, alles ist voller Dreck, steht vor Schmutz. Der Anblick, der sich im neuen

Abteil bietet, ist nicht viel besser. Ich sehe einen ungefähr vierzehnjährigen Jungen mitten im Pubertätstrauma. Er ist mit seinen Eltern unterwegs, und man sieht ihm sein Unglück an. Es steht ihm groß ins Gesicht geschrieben. Der Vater schaut streng, die Mutter doof, und das Gesicht des Jungen liegt genau dazwischen. Eine Fratze dümmlicher Coolness, in die sich ein Ton der Verzweiflung gemischt hat. Er ist bereits alt genug, um seine Eltern zu hassen, aber noch nicht unabhängig genug, um sie erschlagen zu können. Er muss im Geheimen hassen, die Schuld immer auf andere abwälzen. Was ihm bleibt, ist die heimliche Revolution, der subtile Vergeltungsschlag im Schutz der vorgetäuschten Naivität. Mit dem Schraubenzieher am Lack der Familienkarosse vorbei, ein wichtiges Küchenmesser verstecken, die Waschmaschine mitten im Waschgang stoppen. Das sind die Jahre ohne Hoffnung, ein Albtraum der Angst, dass diese Minderjährigkeit ein ganzes Leben dauert. Er hat noch vier Jahre vor sich, von denen er weiß, dass er das Elternhaus nicht nach Belieben verlassen kann. Das ist Strafvollzug. Aber warten wir es ab, kurz nach der Entlassung aus dem Elternhaus wird er anfangen, sich seinen eigenen Knast zu bauen. So wie er es gelernt hat.

Die Haltestellen bis zum Endbahnhof werden immer weniger, die Bahn leerer. Plötzlich habe ich das Gefühl, mir fehlt jegliche Luft zum Atmen. Ich springe hoch, gehe durch den Wagen und reiße alle Fenster auf. Dann hole ich so tief wie möglich Luft und halte sie an, so lange ich kann. Keine Ahnung, woher dieser Impuls kommt. Ich gehorche ihm einfach. Es ist wie ein Befehl, ein Zwang. Es tut mir irgendwie gut. Ich spüre, wie mir heiß und schwindelig wird. Diese Art zu atmen nimmt mir meine Nervosität, lindert meine beständige, innere Unruhe. Dieses Spiel setze ich bis zur wiederholten Aufforderung, ich möge aussteigen, fort. Der Zug soll abgestellt werden. Ich trete auf den mir unbekannten Bahnsteig hinaus und sehe mich um. Was hatte ich erwartet? Was will ich hier? Ich halte Ausschau nach dem Fahrplan, damit ich die Rückfahrmöglichkeiten abschätzen kann. Gleichzeitig denke ich mir: Feigling! Bist du jemals etwas anderes gewesen, als jemand, der sich im Grunde nach einer Ordnung sehnt, in die er sich nur zu fügen braucht? Sehnst du dich nicht nach jemandem, der dir sagt, wo es lang geht, bei dem du nur aufzuspringen brauchst? Ich bin erbärmlich. Solange es auf dieser Welt auch nur einen Menschen gibt, dessen Blick ich nicht standhalten kann, bin ich nichts.

Ich beschließe, ein wenig die Umgebung zu inspizieren und treffe auch bald auf eine Grünanlage. Der Park beginnt nicht schlecht und wird schnell immer angenehmer. Große Bäume, dichte Hecken, die das Sonnenlicht rauben. Schmale, verschlungene Wege, die alle weg von der Straße, hinein in unbekanntes Gelände führen. Nur ganz vereinzelt sind Bänke aufgestellt, und bisher habe ich noch keinen einzigen Menschen getroffen. Ich komme zu einem Tümpel. Es riecht nach abgestandenem, leicht fauligem Wasser. Hier lasse ich mich nieder. Es gibt malerisch schönes Schilf, aus dem Entengeschnatter zu hören ist und vor meinen Augen, aus innerem Nebel, taucht ein Bild auf. Ich bin mir nicht sicher, ob es ferne Wirklichkeit ist oder eine bloße Erfindung meines Geistes, die sich eingenistet hat und jetzt ein Recht auf Glaubwürdigkeit beansprucht. Dicht unter der Wasseroberfläche sind Goldfische zu sehen. Ein Großvater und sein kleiner Enkel stehen am Rand des Gewässers. Das Kind wirft kleine Brocken Brot, das der Mutter hart geworden ist, ins Wasser. Und es macht das Kind glücklich, die runden Mäuler zu beobachten, die danach schnappen. Mit großen Augen sieht es den alten Mann an und klatscht vor Freude in die Hände, so dass die Fische blitzartig in tiefere und dunklere Regionen abtauchen. Das Kind sieht ihnen noch lange nach und betrachtet die Ringe, die sich dehnen und dehnen und endlich verebben. Das Bild verblasst vor meinem geistigen Auge, und ich starre in den Tümpel, lasse die Gedanken ziehen und nehme die Richtungslosigkeit wahr, die sich in meinem Kopf abspielt. Diese Ziellosigkeit, Zufälligkeit. Diese Gedanken bilde nicht ich, sie werden gebildet, wie magnetisch angezogen von Schlaglöchern, unter denen ein unterirdischer Gang mit zahllosen Verästelungen verläuft. Dorthinab stolpert eine Assoziation ins Dunkle, um sich im Labyrinth zu verirren, zu verheddern. Sie wird getrieben und gestoßen, gestoppt, und verwandelt sich, mutiert zu etwas anderem, einem Wort, einem Gefühl, einer Erinnerung, einer Erfindung, vielleicht eine Mischung aus alledem. Ich möchte die Welt vergessen. Manchmal gelingt es mir, dann holt mich ein wärmendes Gefühl ein, das mich in sich aufnimmt, in dem ich mich auflöse. Ich bin ein Meister im Zeitverschwenden, wenn das überhaupt möglich ist, wo es doch nichts gibt, das sich lohnt, angepackt zu werden. Ich höre auf das, was die Frösche erzählen, schaue mir den Lauf der Sonne an, die niemals still steht und Stunde um Stunde weiterzieht. Es gilt nichts zu leisten oder zu tun. Es gibt nichts, was man darstellen müsste oder wofür man sich ausgeben muss, nur um den Schein aufrecht zu erhalten. Der Mond wird meine Seele fressen, und das ist in Ordnung. Es wird vermutlich nicht einmal weh tun. Ich lächle vor mich hin, eigenartig, diese Schwerelosigkeit, debil und glücklich. Eine Schnake setzt sich auf meinen Arm, um mich auszusaugen. Ich lasse sie

Platz nehmen. Sie liebt mich mehr, als es ein Mensch je können wird. Außerdem ist sie schneller als meine Hand. Es gibt Momente, in denen ich die Welt liebe, rein und aufrichtig. Gib mir die Sterne, gib mir das Schwarz des Universums. Ich liebe diese Welt, ich liebe ihre Vergänglichkeit, ich liebe die Sehnsucht, und ich liebe den Schmerz. Ich bin der König der Zeitverschwender, Müßiggänger und Nichtstuer. Ich zerstreue mich in der Unverbindlichkeit des Unbedarften, aber meine Dienerschaft, die Naivität, habe ich verloren. Sie ist mir abhanden gekommen wie die Ruhe der Selbstzufriedenheit. Bäh!

Ich löse meinen Blick vom bemoosten Grün der Uferränder, stehe auf und gehe weiter den Weg entlang. Nach wenigen Minuten, an einer Biegung, erstarre ich. Vor mir liegt eine große Wiese, an deren Rand ein Eisstand und eine Tischtennisplatte aufgestellt wurden. Auf der Wiese treiben sich Jugendliche herum, Abiturienten, Studenten in freier Wildbahn, die auf ausgerollten Bastmatten diversen Tätigkeiten nachgehen, wie Schokolade essen und Wettrülpsen. Ich mache mich vorsichtig davon, verstohlen, wie bei etwas Verbotenem ertappt, dann haste ich den Weg zurück Richtung Ausgang. Das Drehkreuz quietscht in meinen Ohren. Nichts wie weg hier. Zurück ins Exil. In die Isolation.

Für den Abend bin ich verabredet. Ich gehe im Zimmer umher und leere den Mülleimer und den Blumentopf, der vollgeschissen noch immer in der Mitte des Zimmers steht. Dann lasse ich heißes Wasser in eine Plastikwanne laufen und spüle ab. Ich leihe mir den Staubsauger der Vermieterin und sauge kreuz und quer durch den Keller. Sämtliche herumliegende Klamotten werfe ich in die Wäschetonne.

Alte Zeitschriften und leere Verpackungen fliegen gebündelt vor die Türe. Ich wische den Staub von den Kanten und aus den Ecken und lüfte richtig durch. Ich rasiere mich und mache mich frisch. Mit den Schuhen an den Füßen lege ich mich aufs Bett und schaue die Decke an. Als es an meiner Türe klingelt, bleibe ich liegen. Es klingelt lang und aufdringlich, so dass ich mir die Ohren zuhalte.

Bitte lasst mich alle in Ruhe.

Allein

Es ist nur ein weiterer Abend, und ich strenge mich an. Ich gebe mir solche Mühe, gesellig zu sein. Nick hat eine neue Bekannte mitgenommen, auf die er ziemlich scharf ist. Die beiden wollen auf ein Filmfestival, aber nicht, um sich die Filme anzusehen, sondern um bei der dazugehörigen Party zu tanzen. Diese Frau, Martina, war schon einmal in seinem Dunstkreis aufgetaucht. Ich hatte sie als ein stilles, zurückhaltendes Wesen in Erinnerung. Deswegen bin ich über ihr neues Auftreten ziemlich überrascht. Bereits während der Autofahrt in die Stadt kann ich die Veränderung an ihrer Art zu sprechen feststellen. Sie ist lauter geworden, sich ihrer Themen und Ansichten scheinbar sehr sicher. Sie widerspricht oft völlig sinnlos am Inhalt vorbei. Hauptsache, sie hat etwas gesagt. Sie schaut mich von oben herunter an, mit einem Blick, der besagt: Wer bist du denn eigentlich, dass ich mich mit dir abgebe? Nun, man kann nicht immer von der ganzen Welt geliebt werden, also was soll's? Was mich viel mehr ärgert ist, dass Nick nichts unternimmt, um die Situation zu entschärfen. Auf dem Fest hole ich mir erstmal ein Bier in der Flasche, und wir setzen uns auf die Heizungsvergitterung vor den Fenstern. Für eine so große, öffentlich Party ist kurz vor Mitternacht noch verdammt wenig los. In einer Ecke des Saals thront der DJ hinter seinen CD- und Plattenspielern und lässt zeitgenössischen Stampf laufen. An der Bar sind noch etliche silberverchromte Hocker frei. Mit Hilfe von zwei Diaprojektoren werden an eine der Wände Filmbilder geworfen. Ich sehe Pierre Brice als Winnetou und Lex Barker als Old Shatterhand, Klaus Kinski taucht als Nosferatu auf, außerdem Heinz Erhardt mit einer Grimasse und Sean Connery als der ultimative James Bond. Die anderen Gesichter sagen mir nichts, die Filmplakate kenne ich nicht. Ich schaue mir das Wechselspiel der Bilder an und nuckle an meiner Flasche. Unsere stockenden Gespräche kommen auf Martinas gegenwärtige Situation zu sprechen. Sie hat diesen Sommer ihren Abschluss gemacht und hängt seitdem, von den Eltern finanziert, zu Hause herum. Sie betont, dass sie momentan dabei sei, Korbflechten und Fotografieren zu lernen, aber ansonsten noch keine weiteren Pläne hat, außer, sich vielleicht Rastas machen zu lassen. Inzwischen habe ich bemerkt, dass alle vierzig Bilder eine Weißblende kommt, diesen Leerlauf braucht der Projektor wohl, um von vorne beginnen zu können, außerdem ist jedes zehnte Bild Werbung für das Festival, auf dem wir uns befinden. Langsam sage ich gar nichts mehr, sondern mühe mir ein wohlwollendes, Aufmerksamkeit simulierendes Lächeln ab. Nick scheint das auch ganz recht zu sein, und ich will keinen Streit. Er hat meinen Widerwillen seinem Schwarm gegenüber längst bemerkt. Vielleicht bereut er es schon, mich mitgenommen zu haben. Die Tanzfläche bietet noch Platz, und die Bässe dröhnen wie üblich. In allseitigem Einvernehmen frönen die beiden ihrem ausgemachtem Vorhaben. Ihre tanzenden Schatten vermischen sich mit den Bildern an der Wand. Ich sitze allein auf einem geflochtenen Korbstuhl, den ich mir aus der Ecke geholt habe, und halte das leere Bier in der Hand. Die Zukunft der meisten Menschen, vermutlich meiner inklusive, ist wie dieser Raum: Erstarrung.

Die Musik ist mir zu eintönig, ich kenne hier niemanden, die Bilder wiederholen sich mechanisch. Ins Unendliche hinein zeigen sie die große, farbige Welt, bekannte Gesichter in bekannten Geschichten. Martina lacht Nick an und Nick lacht zurück. Vielleicht wird das ja was mit den beiden. Das Gemurmel der Umliegenden ist wie das störende Rauschen auf einer schlechten Aufnahme. Alles Statisten, gesichtslos.

Ich spucke in die Bierflasche hinein und stehe auf. Verlasse diesen Ort.

Nach Hause. Allein sein.

Der wahrhafteste aller Zustände ist das Alleinsein. Losgelöst von der Geschwätzigkeit anderer, in sich gekehrt, ohne die Möglichkeit, sich abzulenken. Konfrontiert mit den eigenen Abgründen, den tiefen Schluchten der Angst und der eigenen Lächerlichkeit. Sich selbst einer Stille preisgeben, die sich nicht blenden lässt. Die Verlogenheit sich selbst gegenüber wird einem unter Menschen so leicht gemacht. Zeig mir deine Maske, ich zeig dir meine. Wir alle sind schön und gesund. Wir haben wichtige tägliche Aufgaben zu erledigen und eine Menge wirklich guter Freunde. Es ist alles in Ordnung. Heute ist ein schöner Tag. Die Sonne scheint, und sogar das Freibad hat geöffnet. Der Blick in den Spiegel, der keine Gnade kennt, bedingt eine Form von Einsamkeit. Der Absturz auch.

Ich trinke am liebsten alleine. Das gilt auch für Drogen. Allein mit dem Objekt der Begierde. Sich der eigenen Gier bedingungslos ausliefern und preisgeben. Saufen, kiffen, kaufen, Spaß haben. Masochistische Onanie ist die Maxime der Zeit. Was bedeutet es, in der Jahrtausendwende zu leben? Dieses laute, grellbunte, hektisch rotierende Karussell ist längst aus den Fugen geraten. Es gibt nichts wirklich Neues mehr, nichts qualitativ Neues. Was bedeuten Worte wie »Wert«, »heilig« und »Qualität«? Was eben noch provozierend, grenzüberschreitend und tabubrechend war, ist jetzt schon wieder zum Gähnen langweilig. Das Leben wird immer schneller, die Trends kurzlebiger. Das ungewisse Chaos nimmt zu. Zukunft findet nicht statt. Nichts wird nichts aufhalten, niemand hat irgendwas unter Kontrolle. Ich lebe mitten im Zerfall, ohne dabei etwas Wirkliches zu haben. Weder als Grundlage, noch als Zielsetzung. So bleibt nur ein sinnloser Tod, der auf ein sinnloses Leben folgt. Ich bin ein Teil des Zerfalls, ich BIN der Zerfall. Ich lebe in den Jahren der großen Nullen. In mir brennt das Feuer der Vergänglichkeit.

Saufen.

Ich sitze in der dunklen Stille meines Zimmer und knacke die Bierdosen, eine nach der anderen. Es ist ein Ritual. Den Zeigefinger und den Daumen an der richtigen Stelle platzieren, den Druck verstärken, und es erfolgt das Knacken des Verschlusses, dessen Widerstand gebrochen wurde. Es ist immer ein Gewaltakt. Ein Akt der Selbstvergewaltigung. Eine Dose fühlt sich um einiges besser an als ein Glas oder eine Flasche. Dann setze ich sie an meine Lippen und trinke wie ein Mann der Wüste. Ich schlucke, was man aushalten kann, dann absetzen, kurz Luft holen, um erneut zu starten, die zweite Attacke zu fliegen. Saufen bis zur Besinnungslosigkeit. Dieser Gier Platz geben in meinem Leben, diesem Akt der Benebelung, den ich so liebe. Sich selbst ins All schießen, ins All scheißen, in den Weltraum kotzen, die Tränen der ultimativen Verlassenheit weinen, Tränen des Kosmos, Tränen der objektiven Einsamkeit. Das größte aller schwarzen Löcher ist eine Gottheit, die ich in aller Unschuld anbete. Saug mich in dich hinein, schürfe mich aus wie eine Muschel. Erotik des Weltalls, des Rausches. Wer verspritzt mich und gibt mir Sinn?

Es gibt einen Schmerz, der mein stiller Begleiter ist. Er ist bei mir wie ein Freund, wie ein Schatten. Vielleicht sieht man ihn manchmal in meinem Gesicht gespiegelt, unter bestimmten Lichtverhältnissen. Dieser Schmerz war schon immer da, so lange ich zurückdenken kann. Manchmal hat er mich unbarmherzig in seiner Gewalt, manchmal betrachte ich ihn wie einen unbekannten Gegenstand, und zu anderen Zeiten betrachte ich ihn wollüstig und lasse mich in ihn hineinfallen. Dieser Schmerz geht neben mir her, mit einer Hand auf meiner Schulter. Er flüstert mir seltsame Dinge ins Ohr, die ich nicht immer verstehe. Aber ich bin mir sicher, dass es genau dieser Schmerz ist, der die Welt um mich herum erst lebenswert macht, und ich frage mich, ob es andere Menschen gibt, die wie ich ihren stillen Begleiter haben. Ich bestimme nicht die Richtungen, in die ich gehe, denn er ist es, der mich antreibt, und wo ich auch ankomme, streckt er mir seine Hand entgegen, was heißen soll: Ich habe schon auf dich gewartet. Ich akzeptiere ihn, lasse ihn gewähren. Woher er kommt, wohin er geht, das weiß ich alles nicht. Noch kenne ich seine Absichten. Alkohol betäubt ihn zeitweise. Lange Gespräche machen ihn vergessen. Die Gegenwart anderer Menschen oder Musik setzen ihn für manche Stunde schachmatt. Aber er fordert mich heraus. Ich kämpfe mit ihm. Ich habe mich zu entscheiden, mich entweder um eine beständige Betäubung zu bemühen oder ihn so lange bohren zu lassen, bis er mir eine Richtung anzeigt, in die ich mich zu fügen habe. Aber ich beuge mich nicht gern. Dieser Schmerz ist ein beständiger Lärmpegel, ein hässliches Pfeifen im Ohr, ein Grundton in meinem Wesen. Sollte er mich eines Tages verlassen, dann erst bin ich wirklich einsam. Das ist es. Er treibt mich zu Dingen, von denen niemand etwas weiß. Aber es gibt Stunden, da gewährt er mir eine radikale Auszeit. Dann nehme ich mir ein Hotelzimmer für eine Nacht. Ich kann mir unter dem Wort »Heiligtum« nichts vorstellen, aber dieses Geheimnis nenne ich mein Heiligtum. Schon am nächsten Morgen bin ich wie gewohnt bei der Arbeit. Niemand soll etwas bemerken. Der Gedanke, dass jemand davon wissen könnte, ist ein schleichendes Nervengift für mich. Die anderen würden es nicht verstehen. Ich müsste jedem eine Antwort schuldig bleiben. Weil ich es selbst nicht verstehen kann. Aber so viel habe ich begriffen: Ich muss es ganz für mich allein haben, sonst funktioniert es nicht. Und ich glaube, das ist, was vielen Menschen fehlt. Sie haben kein Heiligtum. Sie haben nichts, wofür sie Ängste ausstehen, wofür sie leiden. Sie haben keinen Freiraum, der sich ihnen öffnen kann, in dem sie schweben können, weil sie den Schmerz nicht kennen, der Ursprung allen Lebens ist. Sie sehen diese Notwendigkeit nicht, sich selbst zu entkommen. Diese Nächte in den Hotels sind mir fremder als alles, was ich kenne. Sie sind absolut leer. Denn ich bin dort leer. Ich liege auf einem frischbezogenen Bett und schaue die Decke an. Im Nachhinein weiß ich nie, woran ich dort eigentlich dachte oder was ich fühlte. Es ist ein enorm betäubender Rausch. Und wenn ich die Türen hinter mir schließe, falle ich in diesen Raum hinein, von dem ich nichts weiß, und von dem nichts zurückbleibt. Denn wenn ich das Zimmer verlasse, trete ich wieder in das Leben ein, wie es zuvor war. Die Zeit ist inzwischen fortgeschritten, aber ohne mich. Die Zeit ist draußen in der Welt wichtig, aber nicht dort drin, bei mir. Ich bin mir selbst entkommen, meinem Schicksal, meiner Epoche, meiner Sinnlosigkeit.

Eines Tages werde ich verrückt werden oder Hand an mich legen. Dann schaue ich dem Schmerz in die Augen, von Angesicht zu Angesicht. Diese Möglichkeit sollte man immer in Betracht ziehen. Ein bisschen Feigheit muss man überwinden, um dem Stumpfsinn einer sich in die Länge ziehenden Verelendung zu entkommen. Aber mit der Zeit nimmt die Feigheit ab, und die Ödnis nimmt zu.

Das Auge

Eines Abends beschließen Nick, Falk und ich, Sulzbacher besuchen zu gehen. Er wohnt alleine in einer sehr geräumigen Dreizimmerwohnung, die immer vollständig abgedunkelt ist. Sulzbacher macht den Tag zur Nacht. Er steht am späten Nachmittag auf und geht in den frühen Morgenstunden ins Bett. Warum er das so hält, weiß keiner von uns so richtig. Auch, wovon Sulzbacher eigentlich lebt, was er die ganze Nacht treibt, kann niemand von uns beantworten. Ich weiß, dass er mit seinen zweiundvierzig Jahren stundenweise Regale im Supermarkt nachfüllt, aber allein davon seinen Lebensunterhalt zu bestreiten, ist unmöglich. Als ich ihn das erste Mal im Supermarkt bei der Arbeit sah, war ich sehr überrascht, denn eine solche Arbeit hätte ich ihm niemals zugetraut. Sie passte einfach nicht zu ihm. Aber wenn man es sich recht überlegt, passt überhaupt keine gewöhnliche Tätigkeit zu ihm. Vermutlich hängt das damit zusammen, dass ich ihn für einen sonderbaren Menschen halte und ihm keine alltäglichen Dinge zuordnen kann. Viel eher traue ich ihm ein großes Potential an krimineller Energie zu. Nichts Grobes oder Gewalttätiges, mehr eine Art Kunstraub, der sich lohnt, und bei dem er die Ablaufplanung übernimmt. Als ich ihm das einmal gesagt habe, ist er in Gelächter ausgebrochen. Was mich aber noch lange nicht widerlegt hat. Sulzbacher ist auf seine Weise so unnahbar, dass es mich wahnsinnig macht. Wenn ihm eine Frage nicht passt, tut er einfach so, als hätte er sie nicht gehört. Hakt man dann nach, lächelt er oder antwortet, dass er die Frage sehr wohl gehört hätte. Oder er wechselt einfach das Thema. Dabei werden ihm viele Fragen gestellt. Er provoziert das geradezu. Manchmal hält er regelrechte Vorträge, beispielsweise über die rechte und linke Gehirnhälfte und ihre Funktionen. Nick hat uns mit ihm bekannt gemacht. Er hatte Sulzbacher als Anhalter mitgenommen, wobei Nick in ein Gespräch verwickelt worden war, was die einzige dünne Nabelschnur darstellt. Ein loser Kontakt ist geblieben. Da ist keine richtige Grundlage, die man Freundschaft nennen könnte. Dazu gibt es zu wenig Gemeinsamkeiten, und Sulzbacher ist zu alt für uns. Aber er empfängt uns immer freundlich. Bei ihm betreibt man eine Art Austausch. Wir erzählen, was wir so unternehmen, trinken Kaffee und hören seinen neusten Forschungsergebnissen zu. Sulzbacher scheint alles interessant zu finden, was wir machen, zumindest unterbricht er uns nie. Er lauscht den neusten Trends unserer Altersgruppe, lässt sich Beschreibungen von Kneipen und Clubs geben, als ob er seine Wohnung nicht verlassen könnte. Er will wissen, was wir über bestimmte Themen denken, und bringt manchmal richtige Diskussionen in Gang. Er fängt zum Beispiel eine Unterhaltung an mit Fragen wie:

»Was ist deine Lieblingsfarbe?«

»Dunkelblau.«

»Und welche Farbe magst du überhaupt nicht?«

»Gelb und Rosa.«

»Hast du dir jemals überlegt, warum das so ist?«

Oder er erzählt von sich eine Kleinigkeit, um so die Gelegenheit zu haben, weiter auszuholen: »Ist es nicht seltsam? Wie ihr seht, habe ich vor einigen Tagen mein Gewürzregal umgehängt. Bisher hing es immer an der rechten Küchenwand. Da aber über meinen Herdplatten ausreichend Platz ist, beschloss ich, es dort anzubringen. So kann ich beim Kochen die passenden Kräuter und Gewürze mit den Augen aussuchen und brauche bloß noch zuzugreifen. Aber was mich beschäftigt ist folgendes: Obwohl ich dieses Regal eigenhändig von der rechten Wand abmontierte und an dem neuen Platz wieder anbrachte, obwohl es beim Kochen direkt vor meiner Nase hängt, drehe ich mich immer, wenn ich an Gewürze denke, nach rechts und strecke den Arm der leeren Wand entgegen. Immer wieder bin ich aufs Neue erstaunt, dass ein heller, leerer Fleck an der Wand schimmert. Mir ist, als ob eine Verknüpfung in meinem Gehirn nicht richtig funktionierte. Meine Gewohnheit lässt mich ohne mein Bewusstsein handeln. Und die Frage, die sich mir aufdrängt ist diese: Welche Auswirkungen haben solche automatischen Funktionen, von denen ich bisher noch gar nichts wusste, weil ich sie noch nicht bemerkt habe, auf mein Leben?« Solche Sachen fragt er allen Ernstes. Er behauptet, den Menschen an sich zu studieren. Ein Fass ohne Boden, meiner Meinung nach, und dermaßen ungenau, dass man genauso gut behaupte könnte, man studiere das Leben an sich. Sulzbacher fand das gar nicht so falsch. Obwohl mich viel von dem, was er erzählt, auch irgendwie interessiert, zeige ich es ihm nicht. Ich will nicht wieder in die Rolle des kleinen, unbeholfenen Fragestellers schlüpfen müssen. Ich will mich niemandem anvertrauen. Ich will keine väterlichen Ratschläge und Hilfestellungen. Ich will alleine gehen. Wie die anderen zu Sulzbacher stehen, kann ich nicht genau sagen. Er hat wohl für jeden etwas Faszinierendes, Anziehendes, so als würde er in jedem von uns eine ganz bestimmte Eigenschaft ansprechen, die ihm Wohlwollen und Interesse sichert. Es ist, als ob er außerhalb des gewöhnlichen Lebens steht und sich mit einem sonderbaren Lächeln all die Dinge anschaut, die um ihn herum passieren. Als ob er sich in jeden von uns genau hineindenken könnte.

Und so sitzen wir auch dieses Mal in seinen bequemen, großen Sesseln um den Wohnzimmertisch herum, während er in der Küche den Kaffe aufsetzt. Sulzbacher erscheint kurz darauf mit einem Tablett im Türrahmen und lächelt:

»Ich glaube, ich habe da etwas für euch«, sagt er, während er die Tassen austeilt. »Etwas, das euch Spaß macht.«

Falk drückt seine Zigarette im Aschenbecher aus, und wie auf Kommando nehmen wir gleichzeitig unsere Becher in die Hand, aus denen heißer Dampf aufsteigt.

»Lass hören«, sagt Nick und rührt sich die Milch in den Kaffee. Sulzbacher geht aus dem Zimmer und kommt kurz darauf mit einer Kassette wieder. »Der Geschlechtstrieb gehört zu den großen Rätseln der Menschheit. Ich habe hier mit meinem Anrufbeantworter ein paar Geräusche aus einer internationalen Sex-Hotline mitgeschnitten. Ihr braucht sie ja nicht rhetorisch zu analysieren, wie ich es tue. Hört es euch einfach an.«

Er geht zu seiner Stereoanlage und legt die Kassette ein. Ich schaue in die Gesichter von Nick und Falk und versuche zu ergründen, was jetzt im Moment in den beiden vorgeht. Dabei puste ich den Dampf von meinem Kaffee und nehme einen gewagten, brühend heißen Schluck. Sulzbacher seinerseits setzt sich zu uns und nippt ebenfalls an seiner Tasse. Aus den Lautsprechern der Stereoanlage ertönt ein Geräusch, kurz darauf ein Rufton und ein Klicken.

Mann 1: Ich bin so scharf momentan, du erzählst mir ein bisschen was, und das macht mich dann noch viel schärfer, und dann, wenn ich es fast nicht mehr halten kann, lege ich auf und warte, bis ich mich wieder beruhigt habe. Anschließend rufe ich dich wieder an und so geht das dann die ganze Nacht. Wie findest du das?

Frau: Oooh, so scharf bist du, das ist ja toll!

Mann 2: Hallo?

Mann 1: Ja, ich kann dir auch genau sagen, wie das kommt.

Mann 2: Hallo?

Frau: Ja, hallo?

Mann 2: Ja, hallo, hier ist der Peter.

Frau: Hallo!

Mann 1: Ich habe gestern Nacht nämlich Kokain geschnupft, und seitdem bin ich unhaltbar geil. Das hört gar nicht mehr auf!

Mann 2: Hallo, hier ist der Peter.

Frau: Hallo Peter.

Mann 1: Später, Peter, später, jetzt bin ich dran.

Mann 2: Darf ich fragen, äh, wie groß sind deine Melonen?

Frau: Wie? Meine Melonen?

Mann 1: Und soll ich dir noch was über meinen Arsch erzählen? Mein Arsch ist inzwischen ganz platt geworden …

Mann 2: Ja, deine Brüste meine ich …

Frau: Oh, schöne große Melonen …

Mann 1: … weil ich Vertreter bin und die ganze Zeit im Auto sitzen muss. Jeden Tag.

Frau: Und was soll ich dir jetzt erzählen?

Mann 2: Ja, weiß nicht. Was dir so einfällt.

Frau: Erzähl du mir doch mal was Schönes.

Mann 2: Ich bin tierisch geil und, na ja …

Mann 1 (bemitleidender Tonfall): Er ist geil, ja?

Mann 2: … und ich werde mir jetzt einen runterholen.
Frau: Ja? Dann geh mal holen.
Mann 1: Dann braucht er aber nicht hier anzurufen.
Frau: Was braucht er dann nicht?
Mann 1: Um sich alleine einen runterzuholen, braucht er doch nicht hier anzurufen.
Frau: Na ja, wenn er doch ganz allein zu Hause ist, oder?
Mann 2: Genau!
Frau: Wann hattest du denn zum letzten Mal eine Frau?
Mann 2: Äh, letzten Freitag.
Frau: Das ist aber schon lange her, zwei Tage ohne Frau, bestimmt bist du schon ganz voll mit geilem Saft.
Mann 2: Ja, ja.
Frau: Deine Eier sind bestimmt schon ganz schwer.
Mann 2: Ja!
Frau: Vom Saft. Zwei Tage nicht mehr gefickt. Du Armer, du.
Mann 1: Gibst du mir deine Privatnummer? Dann wird das nicht so teuer.
Mann 2: Hallo?
Frau: Ja, hallo?
Mann 1: Das ist nämlich ziemlich teuer so.
Frau: Wie heißt du denn?
Mann 2: Hab ich doch gesagt. Peter.
Frau: Und wie groß ist dein Schwanz, Peter?
Mann 2: Was?
Frau: Sagt mir doch mal, wie groß eure Schwänze sind.
Mann 2: Ja, so 19 Zentimeter.

Frau: Aha. Und deiner?

Mann 1: Keine Ahnung, nie nachgemessen.

Frau: Was? Keine Ahnung? Wirklich nicht?

Mann 1: Nö!

Frau: Dich hat nie interessiert, wie groß dein Schwanz ist? Das glaube ich dir nicht.

Mann 1: Nein, das ist doch völlig egal.

Frau: Na hör mal. Mir ist das nicht egal wie groß ein Schwanz ist. Was macht ihr denn jetzt gerade so damit?

Mann 2: Ich spiel damit rum. Ich liege nackt auf meinem Sofa.

Mann 1: Gibst du mir jetzt deine Privatnummer oder nicht?

Frau: Und ist er richtig schön hart?

Mann 2: Ja, ganz groß und hart.

Mann 1: Oh, Mann, was mache ich hier eigentlich für eine Scheiße? Warum rufe ich bloß immer wieder an?

Frau: Was, scheiße, hä?
(Klick)

Mann 2: Hallo?

An dieser Stelle hört das Band auf. Wir schauen uns an und grinsen, aber es ist ein wenig Verlegenheit dabei. Wir sind überrascht, dass Sulzbacher uns so etwas vorsetzt.

»Und das war echt?«, fragt Falk.

»Oui«, meint Sulzbacher, »meiner Einschätzung nach ist das hier die zeitgenössische Variante der Telefonseelsorge. Wartet noch einen Augenblick, da kommt noch was. Der zweite Mitschnitt war ungefähr drei Stunden später, und ich glaube, das arme Mädel hatte in der Zwischenzeit keine Sekunde Pause.«

»Ich hätte nie gedacht, dass solche bescheuerten Sachen tatsächlich stattfinden. Ich habe das irgendwie immer für einen Werbetrick gehalten.« Nickt zieht an seiner Kippe. Auf dem Band ertönt ein Signalton, dann knackt es kurz.

Mann 1: Hallo? *(pfeift in die Leitung)*
Frau: Nicht pfeifen.
Mann 1: Hallo?
Frau: Ja! Hallooooo.
Mann 1: Ich muss was sagen.
Frau: Hier kannst du alles sagen.
Mann 1: Ist das jetzt live?
Frau: Ich bin doch hier und spreche gerade mit dir. Ich bin echt, das musst du mir schon glauben.
Mann 1: Ich will dich ficken, he he.
Frau: Und warum?
Mann 1: Nein, ich wollte nur sehen, was du jetzt sagst.
Frau: Aha.
Mann 1: Ich habe ein Problem.
Frau: Jaaaa? Deine Stimme kenne ich doch. Ist dein Schwanz zu klein?
Mann 1: Ich weiß nicht.
Frau: na wie groß ist er denn?
Mann 1: Zwanzig Zentimeter.
Frau: Zwanzig Zentimeter? Das ist doch in Ordnung, oder?
Mann 1: Ja, aber trotzdem.
Frau: Was trotzdem? Kriegst du keinen mehr hoch?
Mann 2: Hallo? Hallo, Marina, bist du da?
Frau: Hallo?
Mann 2: Marina. Hier ist der Klaus!
Mann 1: Hallo?
Frau: Hallo Klaus.

Mann 2: Wollen wir uns ein bisschen Sauereien ins Ohr sagen?

Mann 1: Hallo?

Frau: Jaaaaa?

Mann 1: Du hast mich doch gefragt, ob ich keinen mehr hochkriege.

Frau: Ja, und?

Mann 1: Doch, ich kriege immer einen hoch. Immer.

Mann 2: Ah, die Stimme kenne ich doch. Ist das der mit dem Schwanzkomplex? Der ruft ja wohl auch jeden Tag an. Hallo, hallo, armer Junge, ist dein Röhrchen zu klein? Ooooooh!

Mann 1: Hallo?

Frau: Hallooooo.

Mann 1: Sprichst du jetzt mit mir?

Frau: Also, du kriegst immer einen hoch. Wo ist dann dein Problem?

Mann 2: Hallo, meiner ist viel größer. Hörst du? Viel größer. Wenn ich will, kann ich mir selbst einen blasen.

Mann 3: Hallo?

Mann 1: Ich war zuerst in der Leitung. Ich will alleine sprechen.

Mann 3: Hab ich mich verwählt?

Mann 2: Du bist doch krank, Junge.

Mann 3: Was? Warum?

Mann 1: Geh jetzt aus der Leitung.

Mann 3: Ich dachte, ich könnte mir hier einen lutschen lassen.

Mann 2: So, und du glaubst tatsächlich, das geht übers Telefon, ja?

Mann 1: Hallo?

Mann 2: Marina, erzähl mir was über deine Titten.
Mann 1 pfeift in die Leitung
Frau: Wenn jetzt noch einmal in die Leitung gepfiffen wird, haue ich jedem von euch 2000 Mark auf die Telefonrechnung!
(Klick)
(Klick)
(Klick)

»So weit, so gut«, sagt Nick, »aber wie kommen wir zu der Ehre? Was wolltest du uns damit zeigen?«

»Nichts«, lacht Sulzbacher, »wirklich nichts. Nehmt es als das, was es vorgibt zu sein. Reine Unterhaltung. Ich persönlich teste bei solchen Ansagediensten unter anderem meine rhetorischen Fähigkeiten. Wenn ich es schaffe, einer dieser Frauen meinen Staubsauger zu verkaufen, bin ich zufrieden.«

Ich bin misstrauisch. Bei Leuten wie Sulzbacher ist nichts zufällig. Vermutlich befinden wir uns mitten in einem Test, und alles, was wir sagen oder tun, kann gegen uns verwendet werden. Ich will kein Versuchskaninchen sein. Als ob er meine Gedanken erraten könnte, spricht er mich an. Damit sich meine Gedanken verflüchtigen, damit ich nicht weiter über ihn nachdenke. Indem er mich zu einer Reaktion zwingt, bezieht er mich in das Spiel ein, das er mit uns spielt. Ein billiger Trick, der uns auch anderswo immer wieder gespielt wird. Einer der Gründe, warum ich oft passiv bin. Ich will heraustreten aus all den Spielchen. Ich will kein Teilnehmer sein, damit ich die Muster besser sehen kann. »Hast du ein wenig in deiner Bibel weitergelesen?« fragt er mich. Er meint damit das Buch, das er mir ausgeliehen hat: Cioran, *Vom Nachteil, geboren zu sein.*

»Das ist nicht meine Bibel. Ich habe mit diesem Mann nichts zu schaffen. Was kann mir ein Cioran schon mit auf den Weg geben?«

»Nun, zum Beispiel, dass auch dem Leiden eine Schönheit innewohnt und man sein ganzes Leben in Wehmut und Melancholie verbringen kann.«

»Ich frage mich, warum er sich nicht umgebracht hat.«

»Das zu fragen, würde bedeutet, dass du ihn nicht verstanden hast.«

»Zu behaupten, ihn verstanden zu haben, würde bedeuten, mit ihm einer Ansicht zu sein, und darauf kann ich verzichten.«

Noch während ich diesen Satz ausspreche und meinen eigenen, etwas gereizten Tonfall hören kann, wird mir klar, dass ich Sulzbacher auf den Leim gegangen bin. Er hat es geschafft, mich aus der Reserve zu locken, er hat mich dazu gebracht, Stellung zu beziehen und an seinem Spiel, das er mit uns spielt, teilzunehmen. Zu spät.

»Warum?«, will Sulzbacher wissen.

Ich sage bloß: »Eins zu Null für dich.«

Aber er scheint nicht zu verstehen, was ich meine, und ich frage mich, ob das bereits wieder ein Teil seiner Taktik ist. Oder bin ich derjenige, der sich hier Dinge einredet? Spielt er am Ende gar kein Spiel? Gibt es hier gar keinen doppelten Boden? Kann ich für bare Münze nehmen, was ich höre und sehe?

Schweigen im Raum.

»Well«, meint er dann, »ich hatte gedacht, es könnte dir gefallen«, um dann zu einem seiner kleinen Vorträge auszuholen.

»Was man heute im Allgemeinen beobachten kann, ist eine Kultivierung des Negativen. Das Positivieren, Relativieren von lebensbeeinträchtigenden Faktoren. Es findet eine weitreichende Verharmlosung statt. Äußere Umstände werden in einem Sinne akzeptiert, dass sie als feststehende Konstante betrachtet werden, an der sich nichts ändern lässt und somit eine passive Haltung eingenommen wird, die ihre Ursache vermutlich ganz einfach in der Bequemlichkeit hat. Gleichzeitig werden die äußeren Umstände aber beklagt, die Folgen bejammert und eine Unzufriedenheit, wenn schon verlogenerweise nicht direkt geäußert, so doch an der Lebensführung ersichtlich. Rausch und Vergessenheit heißen die Medikamente, mit denen die Symptome für die selbsterschaffene Krankheit zu bekämpfen vorgegeben wird. Krankheiten sind inzwischen Teil der Selbstdefinition geworden. Neurosen als selbstverständliche Bestandteile des psychischen Lebens, der Identität. Sinnlosigkeit als Folge von Wohlstand. Wir haben die Grundbedürfnisse wie Nahrung und Wohnung abgedeckt und kommen plötzlich auf dumme Gedanken, weil wir zu viel Zeit haben. Du bist auch so einer.«

Dabei zeigt er mit dem Finger auf mich. Ich winke ab. »Gehörst du jetzt neuerdings auch zu den dummdreisten Tollschwätzern mit dem Positiv-denken-Gelalle?«

Wieder so eine Frage, die er nicht direkt beantwortet.

»Fest steht jedenfalls, dass du das Negativieren als geistiges Hobby betreibst. Du bist ein richtiger kleiner Negaholiker und von deiner Umwelt wirst du durch belustigte Reaktionen darin auch noch bestärkt. Das ist unterste Schublade. Schaut mal her, was ich kann und alle rufen. Hui!«

Ich sage noch: »Meine Psychosen gehören mir allein«, merke aber schon, dass ich nichts Konkretes auf seinen Vorwurf entgegnen kann. Im Übrigen kann ich mir schon denken, was er zu dem Wort »Vorwurf« sagen würde. Nämlich, dass ich doch versuchen könnte, seinen Ausspruch als sachliche Feststellung zu betrachten, losgelöst von der Person, für die ich mich halte. Das Problem mit Leuten wie Sulzbacher ist, dass sie alles besser zu wissen scheinen, fragt man sie aber konkret um einen Ratschlag, antworten sie mit einem schwammigen Irgendwas, mit dem man nichts anfangen kann. Außerdem kann ich Leute mit erhobenem Zeigefinger nicht ausstehen.

»Und du«, dabei zeigt er auf Falk, »bist die Passivität schlechthin. Du bist faul, bequem und niemals bereit, für eine Sache persönlichen Einsatz zu bringen. Du bist unfähig, auch nur für eine Stunde dich selbst zu überwinden und dir einen Arschtritt zu geben. Du fügst dich immer in das Angebot, ohne dabei jemals zu hinterfragen. Was dir in deiner Konsumentenwelt fremd ist, weist du mit einer heftigen Gebärde des Ekels und des Unverständnisses von dir und gibst ihm den Stempel des Abnormen. Du stellst dich nie wirklich selbst in Frage. Deine Eitelkeit ist unbegrenzt. Was du bräuchtest, um aus deinem Märchenschlaf zu erwachen, ist eine heftige Krise, an der du fast kaputtgehst. Damit du den falschen Ballast, der sich in dir angesammelt hat, los wirst.«

»Äh, wie? Was soll das jetzt?«

Falk schaut wie von einem Pferd getreten.

»Mir geht's doch gut. Ich hab meinen Spaß.«

»Na, siehst du?«

Sulzbacher scheint sichtlich zufrieden.

»Was ist mit mir? Ich will auch ein Täterprofil.«

Nick nimmt von uns dreien am wenigsten persönlich. Sulzbacher rührt seinen Kaffee um und scheint zu überlegen. Dann legt er den Löffel neben die Tasse auf den Unterteller und bläst vorsichtig über die schwarze Oberfläche, so dass sich leichte Wellen bilden, einem Miniatursee gleich. Mit einer Geste der Bestimmtheit hält er seinen Kopf leicht schräg und schaut Nick an.

»Well«, sagt er, dabei zieht er eine Augenbraue nach oben. »Mit dir ist das etwas komplizierter. Deine Eigenheit sitzt tief und ist verzweigt. Bei dir ist sehr viel Beobachtung nötig, um die Vermutungen zu verifizieren.«

»Na, komm schon. Lass hören«, drängelt Nick.

»Du legst dir alle Steine selbst in den Weg, weil du es nicht aushalten würdest, wenn sich deine Wünsche und Ziele auf einmal verwirklichen würden. Das ist wie mit dem sogenannten Glück. Man muss es aushalten können. Und das ist gar nicht so einfach. Du hast geradezu Angst davor. Daraus ergibt sich etwas Zweites. Die Umstände scheinen immer gegen dich zu sein, weil du dich ungerecht behandelt fühlst.«

»Nein, anders herum«, fällt Nick ihm ins Wort. »Tatsächlich komme ich mir manchmal vor wie vom Pech verfolgt, und das finde ich, im Vergleich zu anderen, denen alles auf Anhieb gelingt, ungerecht.«

»Nein. Das stimmt nicht. Es verhält sich genau umgekehrt. Gerade weil du Angst vor den Konsequenzen deiner Handlungen hast, beschwörst du eine Verzögerung nach der anderen herauf. Tritt dann eine Verzögerung ein, die ihre Ursache allein in dir hat, nennst du diese Verzögerung ungerecht und glaubst, die Umstände seien dir feindlich gesonnen.«

»Sorry, aber das kann ich so nicht akzeptieren.«

»Selbstverständlich kannst du es nicht. Weil du es nicht sehen kannst.« Jetzt schaut sogar Nick betroffen aus der Wäsche. Er atmet sichtlich beherrscht. Sind ja tolle Leute, mit denen ich da die ganze Zeit rumhänge, denke ich mir, vorausgesetzt, Sulzbacher hat Recht.

»Und woher willst du das alles wissen?«, fragt Nick. »So genau kennst du mich doch gar nicht.«

»Ich kann es sehen, gerade weil ich dich nicht so gut kenne, weil ich Außenstehender bin.«

»Das bezweifle ich ja gar nicht, dass du als Außenstehender die Dinge vielleicht besser sehen kannst. Ich bestreite nur, dass die von dir getroffene Aussage ihre Richtigkeit hat, denn sie verwechselt Ursache und Wirkung.«

Sulzbacher zuckt mit den Schultern. Bei all dem Schweigen im Lande eine gute Gelegenheit, mal wieder grundsätzlich alles zu relativieren.

»Freunde«, sage ich. »Sollten wir nicht dankbar sein für eine so gelungene Abendunterhaltung? Unser allseits geschätzter Sulzbacher hat ein paar lustige Scherze gemacht. Wir haben gelacht und uns amüsiert. Jetzt können wir ja wieder gehen. Denn schließlich wissen wir alle, dass keines unserer Worte auch nur einen Pfennig wert ist. Weder meines, noch deines, Nick. Und was Falk auch immer denken mag, es ist nichtig. Und so können wir bei all unserer Betroffenheit auch Sulzbacher guten Gewissens entgegen schmettern: Glaube, was du willst, und behaupte, was du willst, es ist ohnehin nichts wert. Denn alles ist Scheiße, und was wir einzig und allein tun sollten, ist schweigen und abwarten, bis der große Regen kommt und uns hinab in die Tiefe spült.«

»Okay, Jungs. Was habt ihr heute noch vor?«, fragt Sulzbacher.

Die Atmosphäre im Raum, eben noch zum schneiden dick, ist augenblicklich entspannt. Ich stehe auf und schaue in die Runde.

»Öh, wir gehen uns amüsieren. Was trinken oder so.«

»Genau, was soll man sonst auch machen.«

»Genau.«

»Wir könnten auch ins Kino gehen.«

»Ja.«

»Oder spazieren.«

»Oder so.«

»Na dann«, Sulzbacher erhebt sich seinerseits und sammelt die Tassen ein, stellt sich auf das Tablett. »Euch fällt bestimmt was ein, worauf ihr euch einigen könnt. Macht's gut und schaut mal wieder vorbei.«

Wir springen die Treppen runter wie drei angeschossene Junghirsche.

Nichts denken, halte ich in meinem Schädel fest, einfach nichts denken. Im Wagen einigen wir uns dann tatsächlich auf eine Bahnhofskneipe, die keiner von uns dreien mag. Um die Zeit sind nur noch die Stammsäufer da, von Bahnreisenden keine Spur. Die Bedienung ist langweilig und gelangweilt, sie kämpft um Kontrolle in diesem Schuppen. Sie ist weder hübsch noch jung, aber sie ist die einzige Frau in einer Meute von notgeilen Trinkern. Sie reden und erzählen und versuchen, ihr zu schmeicheln und sie zu berühren. Nur eine ganz flüchtige Berührung, ein Händedruck, bitte, noch eine Anekdote, noch ein Späßchen, wer bekommt die größte Aufmerksamkeit? Einsamkeit, Eifersucht, Liebe, Krieg, Mord und Totschlag, unerfüllte Hoffnungen. Die Geschichte der Menschheit wiederholt sich seit tausenden von Jahren, und sie kotzt mich an.

Wir bestellen, dem Ambiente entsprechend, Currywurst mit Pommes. An der Theke sitzen zwei Sturzbetrunkene, wobei einer seinen Kopf auf die Thekenkante gelegt hat. Er sieht aus, als ob er schläft. Sein Kollege redet und redet und redet. Langsam kippt der Schläfer nach links. Wie die Idioten schauen wir alle drei hin. Der Schläfer kippt noch ein Stückchen weiter und sinkt noch ein paar Zentimeter. Dann macht es krach, bumm, zack, und er fällt zur Seite weg und kommt auf dem Boden wieder zu sich. Sein Kollege redet und redet und redet. Sichtlich benommen rappelt sich der andere hoch, hustet furchtbar und hockt sich wieder an die Bar. Er legt den Kopf auf seine Arme und schläft weiter, während sein Kollege neben ihm redet und redet und redet. Er erzählt vom kommenden Montag, an dem er neue Zähne bekommen wird. Und dass er dann wieder wie neu aussehen wird, so wie damals in Italien, wo er eine Zeit lang gelebt hat, und er lässt sich über die Hilfsbereitschaft der Italiener aus, als er noch heroinsüchtig war. Es folgt eine Kindheitserinnerung. Als kleiner Junge hatte er Kirschkerne in Mädchenausschnitte gespuckt, was ihn dann wieder auf seine Zähne zurückkommen lässt. Die meisten Gestrandeten wiederholen sich in ihrem Geschwätz ebenso, wie sich ihr Leben im Kreis dreht. Hier ist es nur ein wenig offensichtlicher als bei den anderen mit festem Einkommen, sanktioniertem Glauben, geregeltem Eheverkehr und sportlicher Freizeit. Jammern hilft uns nicht weiter, aber ich will es aus eurem eigenen Mund hören, dass ihr versteht, wie scheiße ihr seid, dass ihr selbst nicht wisst, was eigentlich gespielt wird. Demut war niemals populär. Es ist das einzige, was uns weiterbringt.

Bei meiner Wurst fehlt das Currypulver, Falk hat keine Gabel. Den Currystreuer kriegen wir noch, Besteck gibt es keines mehr.

»Die Spülmasche ist kaputt, ihr müsst euch halt gegenseitig aushelfen.«

Die Wurst ist heiß und fettig, die Pommes sind lau. Bier bekommt man hier direkt in der Flasche auf den Tisch gestellt. Gläser gibt es keine. Eine Unsitte, die sich längst in allen Szenekneipen breit gemacht hat. Eine von vielen kleinen schleichenden Veränderungen, wie die Beschriftung auf den Fußböden der Banken, wo man sich anstellen darf, oder die Privatwachmänner in den S-Bahnen. Die kostenlose Luft zum selbstständigen Atmen wird dünner. Nachdenken immer ungesünder.

»Was sollen wir heute Abend noch anstellen?«, fragt Nick.

»Wenn uns demnächst nichts Überragendes einfällt, gehe ich nämlich lieber Martina besuchen, anstatt hier ziellos herumzulungern.«

Um ein wenig Zeit zu schinden, bestellen wir noch eine Runde. Man bezahlt hier jedes Bier einzeln, sobald es serviert wird. Ein Brauch, der wegen schlechter Zahlungsmoral eingeführt wurde. Abgesehen davon erspart man sich damit arithmetische Diskussionen mit der Bedienung, wenn man gehen will.

»Na, Jungs, wie verrechnen wir denn achtundfünfzig Halbe?«

Und in einem solchen Zustand verrechnet man für gewöhnlich gar nichts mehr.

»Wie war das mit dem Spaziergang? Oder lasst uns irgendwohin fahren, weit raus in die wilde, freie Natur.«

Dieser Vorschlag stößt weder bei mir noch bei Nick auf Beifall.

»Dann schlagt doch ihr was vor.«

Mir fällt absolut nichts ein. Mein Kopf bleibt leer. Das macht mich rasend. Ich sitze hier, sage ich mir, habe ein wenig Geld in den Taschen, wir sind motorisiert und wissen trotzdem nichts mit unserer Zeit anzufangen. Irgendwas kann da nicht stimmen.

»Ja«, sage ich, »lasst uns weit weg fahren.«

»Ihr seid zwei richtige Opportunisten. Ständig wollt ihr mein Auto missbrauchen. Ich fahre jetzt zu Martina, die hat sich für zehn Mark ein Schlauchboot bei Tengelmann gekauft. Das probieren wir nachher aus.«

»Und auf welchem See, wenn man fragen darf?«

»Wohl kaum im Stadtpark. Im Übrigen könntet ihr heute mal die Rechnung übernehmen. Als Ausgleich fürs Benzin.«

Da erhebt er sich auch schon und entschwindet unseren Blicken. Nachdem Nick uns verlassen hat – wir spekulieren schon, ob vielleicht für immer – ordern wir noch eine letzte Runde. Zumindest ich werde so trübe im Kopf, wie die Beleuchtung hier. Da Falk auch nichts zu sagen hat, sitzen wir halt so da. Wie kaputte Roboter.

»Was machen wir eigentlich außer abends weggehen und trinken? Wir hängen in irgendwelchen Läden herum. Wir geben unser Geld aus. Wir fühlen uns müde. Jedenfalls kann ich mich nicht an den letzten Tag erinnern, an dem ich mich wirklich gut gefühlt hätte. Weißt du, so ein Tag, an dem du morgens aus dem Bett springst und schreist: Ja, geil, heute kann mich nichts umhauen, heute reiße ich Bäume aus. Wo bleiben die Herausforderungen, mit denen ich meine Kräfte messen kann? Wir distanzieren uns von bestimmten Leuten und bestimmter Musik. Wir sind aufgrund unserer Klamotten einer altersgemäßen Gruppierung zuzuordnen, beziehungsweise nicht zuzuordnen. Du streitest manchmal mit einer deiner Freundinnen, manchmal fällt dir auch wieder ein, wie gerne du sie hast. Ich zweifle an allem und jedem. Und insgesamt geben wir ein prima Team ab, wie die beiden da drüben an der Theke, mit dem Unterschied, dass wir noch ein wenig jünger sind. Aber dafür können wir nichts, das ist nicht mal unser Verdienst. Ich glaube nicht, dass wir jemals irgendwo ankommen werden.«

»Und ich sehe nicht ein, warum man immer irgendwo ankommen muss. Hier sind wir – ist das nicht genug? Wovon faselst du immer, wo willst du denn ankommen? Was willst du denn machen, was stört dich? Wenn es irgendwas gibt, zu dem du dich berufen fühlst, dann gibt es da ein einfaches Rezept: Mach es einfach. Sulzbacher hat schon Recht, du bist ein Hobbynihilist. Im Übrigen ist mir auch schon aufgefallen, dass du dich langsam zum Alkoholiker entwickelst. Tritt mal etwas kürzer.«

Danke! Das sagt der Richtige. Außerdem scheint er vergessen zu haben, dass Sulzbacher auch etwas über ihn gesagt hat. Stillstand. Diese Diskussion haben wir schon unzählige Male geführt. Ohne Ergebnis, versteht sich. In mir bleibt dann immer das Gefühl zurück, dass wir beide Recht haben, dass da gar kein Widerspruch besteht, aber begründen oder in klare Worte fassen kann ich es nicht. Trotzdem hänge ich meinem Wunsch nach, eine Art Katapult zu finden, das mich hier herausschleudert. Raus aus dieser Stadt, raus aus diesem Gefühl, am besten raus aus mir selbst.

»Was ich suche, ist ein Katapult«, sage ich.

»Tja, dann müssen wir wohl auf den Rummelplatz gehen.«

Was bedeutet Spaß haben? Was ist Spaß? Ich komme einfach nicht dahinter. Welche Rolle nimmt das Vergnügen in meinem Leben ein?

»Ich meine«, setze ich erneut an, »wir sind doch irgendwie zu dumm, uns richtig zu amüsieren. Wir können nichts aus sich selbst heraus einfach gut sein lassen. Wir sind

Junkies auf der Suche nach Zerstreuung, aber Zerstreuung von was denn? Wir können nichts rein und pur genießen, wie es uns über den Weg läuft. Wir haben keinen innerlichen Anteil an dem, was wir tun. Ständig kommt uns unser kritisches Denken in die Quere. Es gibt immer ein Haar in der Suppe. Einer von uns findet immer ein Argument, um zu begründen, was noch besser sein könnte oder was an einer Sache schlecht war. Wann haben wir uns das letzte Mal auf dem Nachhauseweg getrennt, uns auf die Schultern geklopft und gesagt: War geil heute Abend, schlaf gut, Mann. Weißt du, was ich meine?«

»Ich bin mir nicht sicher. Was erwartest du denn? Es entwickelt sich eben nicht jeder Abend zu einem spektakulären Ereignis.«

»Nein, es geht darum, dass wir uns mit einer gegebenen Situation nicht abfinden können. Wir sind nie Hier, wir gehen stillschweigend von einer anderen Situation aus, die nicht der unseren entspricht. Wir können aus den Umständen nicht das Beste machen, uns nicht damit arrangieren. Wir sind nicht fähig, den Augenblick zu würdigen. Wir erwarten insgeheim immer ein Mehr, ohne genau sagen zu können, woraus dieses Mehr denn eigentlich bestehen soll. Und wir ziehen ständig Vergleiche im Sinne von: besser, schlechter als … Silvester, Geburtstag, Konzert einer Band, Platten, Filme … nimm, was du willst.«

»Du bist doch derjenige, der sich zu viele Gedanken macht. Ich hab meinen Spaß. Du überträgst dein Problem auf mich.«

»Was soll das sein: Spaß?«

»Du bist ein Idiot, wenn du so fragst.«

»Dann hilf mir. Sag schon, was ist Spaß?«

»Idiot.«

»Wie wäre es mit: Selbstvergessenheit?«

»Du denkst zuviel. Trink lieber was, vielleicht kommt dein Spaß dann von ganz alleine.«

»Denken und Spaß haben sind also unvereinbare Gegensätze?«

»Immer dieses Bedürfnis nach Definition! Diese Dialektik wird dich noch umbringen. Es gibt mehr als Schwarz und Weiß. Das war schon immer dein Problem.«

Wir trinken aus und gehen in die Nacht hinaus. Da der Stadtpark in der Nähe ist, beschließen wir, uns dort auf eine Bank zu setzen. Die Steinfiguren, die im Park herumstehen, sehen aus wie die Reste einer Theaterdekoration, die man vergessen hat. Erstarrt stehen sie da, oder bewegen sie sich nur so langsam, dass wir es nicht wahrnehmen können? Hey, ihr Scheißfiguren, wenn ihr etwas zu sagen habt, dann tut es jetzt! Sprecht zu mir! Woher kommt ihr? Wer hat euch geschaffen? Und warum steht ihr hier so blöd herum? Aber sie reagieren nicht. Oder? Das Mondlicht perlt an ihnen ab und verleiht ihnen einen Anschein von Glanz und Würde. Sie gehen zu einer anderen Welt.

Wir starren auf den See hinaus. Das Wasser bewegt sich kaum. Nur ein paar Schwäne und Enten sind noch aktiv. An Sonntagnachmittagen lassen hier bastelbegeisterte Väter ferngesteuerte Schiffe fahren.

»Geschissen sei auf die Väter«, sage ich.

Unser Niveau haben wir in der Bahnhofskneipe vergessen.

»Ich kannte mal eine Frau ...«

»Nein, bitte nicht.«

Die Parklaternen spiegeln die Welt ins Wasser hinab.

»Splash«

Freitagabend. Falk und ich lungern an der Uni herum, weil wir beide mal wieder Lust auf Fahrradfahren haben. Wir umrunden die großen Betonblocks mehrere Male und klappern die Ständer ab. Aber es stehen nur verbeulte Böcke da, und selbst die sind noch angekettet, als seien sie aus purem Gold. Räder ohne Sattel, andere ohne Lenker, und wieder andere ohne Reifen. Es ist ein einziges großes Ersatzteillager.

»Wir hätten Werkzeug mitnehmen sollen«, meine ich.

»Blödsinn. Ich bin doch kein Profiknacker. Wir fordern nur unser Glück ein wenig heraus. Das ist alles. Wenn wir nichts finden, war es halt Pech.«

Wir vergrößern unsere Kreise und dehnen sie auch auf die umliegenden Wohnheime aus. Und als wir schon fast aufgegeben haben, checken wir, mehr im Vorbeigehen, ein altes Damenfahrrad, das unter einem Baum an einen Zaun gelehnt steht. Kein Schloss, nicht mal ein Speichenschloss, und es hat keinen Platten.

»Na, wer sagt's denn?«

Falk schiebt das Ding auf den Asphalt.

»Eines muss reichen, mehr können wir nicht verlangen. Aufsitzen.«

Falk schwingt sich auf den Sattel und fängt an zu treten, ich kralle mich fest und springe auf den Gepäckträger. Wir eiern durch die Straßen, und Falk kommt ganz schön ins Keuchen. Aber es fühlt sich gut an, es ist ein ganz eigener Fahrstil.

»Hey, lass uns ins ›Splash‹ fahren.«
»Ist mir schon klar, bis dahin geht's ausschließlich bergab.«
Er lacht bloß.
»Was jetzt, ja oder ja?«
»Lass rollen, Mann.«

Die kürzeste Strecke führt durch einen Wald, in dem es stark bergab geht, danach ist man am Rande der Innenstadt, und der Rest ist topfeben. Die Aussicht auf eine Talfahrt mobilisiert Falk in vollem Maße. Ich versuche, meine Füße auf die Naben zu stellen, rutsche aber immer wieder ab. Wir flitzen dem Wald entgegen, dem dunklen, bösen Wald, der über unsere kleine Lampe am Schutzblech bestimmt nur lacht. Jedenfalls schluckt er sie augenblicklich. Ein betörender Duft nach Harz macht sich breit, und dann kommt die Abfahrt. Gefährlich neigt sich das Rad zur Seite, der Kiesel knirscht unter den Reifen, und wir gewinnen an Tempo und werden schneller und schneller. Ich kralle meine Finger fest in den Sattel und klebe mit dem Gesicht fast auf Falks Rücken, der sich vornübergebeugt hält.

»YEEEAAAAAAAH!«

Die Kurven werden wackeliger, ich schließe die Augen. Denn eines ist mir klar: Falk hat hier gar nichts mehr unter Kontrolle. Wir sind viel eher ein lebendiges Geschoss. Kleine Steinchen springen links und rechts an meinen Knien hoch, ich rechne damit, dass mir gleich ein dicker Ast ins Gesicht schlägt oder uns ein Baum in die Quere kommt. Aber nichts dergleichen geschieht. Wir schießen aus dem Wald. Der kleine Absatz zwischen Erde und Teer geht mir buchstäblich durch Mark und Steißbein.

»Da!«, schreit Falk, und ich begreife nicht, was er meint, bis ich auf der Hauptverkehrsstraße den letzten Nachtbus sehe.

»Den kriegen wir!«

Und tatsächlich überholen wir den Bus, seine rußigen Abgase vernebeln uns kurzzeitig das Gesicht. Und als hätten wir damit ein unausgesprochenes Ziel erreicht, hört Falk auf, wie ein Gestörter auf die Pedale einzutreten, und wir rollen nur mehr dahin, bis wir schließlich stehen. Wir fallen wie faule Früchte vom Fahrrad, sind beide schweißüberströmt. Das Rad geht scheppernd zu Boden. Wir müssen beide lachen. Und in dieses Lachen mischt sich alles, was ich an Freundschaft zu geben habe. Ich hoffe, es reicht noch für ein paar Jahre. Das hier ist einer der Augenblicke, die ich tief in mir behalten möchte.

Das »Splash« ist im Grunde das Überbleibsel einer Baustelle. Es handelt sich um einen geplanten Tunnel, der aber nie fertig gestellt wurde. Dementsprechend ist es relativ schmal, aber ungewöhnlich lang. Die Wände sind im Winter ziemlich feucht, obwohl geheizt wird. Sitzgelegenheiten gibt es so gut wie keine. Von der Bar mal abgesehen sind lediglich auf der Bühne Stühle und Tische aufgestellt. Hauptsächlich wird das »Splash« für Konzertveranstaltungen genutzt und lediglich am Wochenende zum Club umfunktioniert. Die Beleuchtung ist sparsam, laut ist es ohnehin, und manchmal werden Unmengen von Nebel verpulvert, so dass man seine Hand kaum vor Augen sieht. Irgendwie wird man zum Taubstumm-Blinden degradiert, aber hier bekommt man Musik zu hören, von der viele nicht mal wissen, dass es so etwas überhaupt gibt. Im »Splash« treffen wir einen Typen namens Zocke. Zocke ist eine Bekanntschaft von Falk, die über zehn Ecken geht. Wenn Zocke, von dem ich nicht weiß, warum man ihn Zocke nennt, an einem unserer Abende dabei ist, gehen wir stets ignorierend miteinander um. Obwohl wir nie Streit miteinander hatten. Denn die wenigen Sätze, die wir irgendwann einmal miteinander gewechselt haben mussten, waren so unmissverständlich von einer Diskrepanz unserer Wesen, von einer solchen Andersartigkeit geprägt, dass es eine Art stille Übereinkunft zwischen uns gibt, die besagt, leben und leben lassen. Wie Zocke mich sieht, kann ich mir unmöglich vorstellen. Menschen wie ihn verstehe ich nicht mal ansatzweise. Wir umschleichen einander, wenn wir uns begegnen, checken unsere Tagesform und unseren Zustand ab, in Nebensätzen und Bemerkungen, deren Wirkungen wir aus den Augenwinkeln verfolgen. Aber es ist anstrengend, mich kostet es immer Mühe, ihn zu übersehen, während er mich scheinbar nicht einmal zu ignorieren braucht, weil es Menschen wie mich für ihn gar nicht gibt. Wir haben schon viele Stunden zusammen mit Falk verbracht, ohne uns auch nur anzusehen. Falk sagt zu dieser Situation nicht viel. Wenn wir zu dritt etwas unternehmen, ist das meistens ein Unfall, der sich ergeben hat. Zocke strahlt für mich eine Kühle aus, die eine Mischung aus Arroganz, Überlegenheit, Wagemut, Respektlosigkeit und einem guten Schuss Dummheit ist. Wenn ich nur die Art und Weise sehe, wie er dasitzt, wird mir schlecht. Zu seinen Freunden zählen Leute, die im Immobiliengeschäft tätig sind, die in ihrer Freizeit Lacklederhosen tragen und im Winter auf Südseeinseln fliegen, um mit der Harpune fischen zu gehen. Er trägt lange Haare, die er zu einem breiten Zopf gebunden hat, einen überdimensionalen, golden Ohrring und eine seltsame Weste, die ich als Hammelfellweste bezeichnen würde, weil ich sie einfach lächerlich finde. Zocke scheint gerade im Kreis seiner Begleitung im Mittelpunkt zu stehen. Er ist ein klassischer Erzähler, und bevor Falk ihm von der Seite auf die Schulter tippt, um hallo zu sagen, hören wir noch:

»… da stand ich also auf der Autobahnraststätte mit meinem Koffer in der Hand. Ich kam vom Pinkeln zurück und musste feststellen, dass der Typ, der mich zum Flughafen hatte bringen wollen, ohne mich weitergefahren war …«

»Hallo, Zocke«, sagt Falk.

»Guten Abend, die Herren.«

Die Runde wirft uns einen beiläufigen Blick zu. Ich weiß von Falk, dass Zocke mich mal als »vertrockneten Philosophenheinz« bezeichnet hat, dabei ist es Zocke, der ständig irgendwelche halbgaren Ansichten von sich gibt: widersprüchliche Weisheiten, die er niemals begründen kann. Trotz allem beschleicht mich manchmal der Verdacht, dass sich Zocke und ich nur deshalb so auf Distanz halten, weil wir uns auf verquere Weise zu ähnlich sind. Jedenfalls in bestimmten Bereichen. Als ob sich zwei Minuspole begegnen, die beim Versuch, sich gegenseitig anzunähern, unweigerlich ausweichen müssen. Zocke sagt: »Ich will das Leben im Rausch verbringen. Ich will saufen, mit schönen Frauen schlafen und Musik hören. Oder mit schönen Frauen schlafen, saufen und Musik hören. Oder Musik hören, saufen und mit schönen Frauen schlafen. Am besten alle drei Dinge auf einmal. Was sonst macht das Leben lebenswert? Was sonst lässt sich Besseres damit anstellen? Jeder hat Zweifel, jeder Sorgen. Wenigstens habe ich meine Prioritäten gesetzt und dazu sind die meisten ja schon zu feige. Du erzählst mir was über Kriege, Hungersnöte oder Zukunftsängste, und ich werde dich mit meiner eigenen Art von Beschränktheit enttäuschen müssen. Ich werde dir keine Betroffenheit vorheucheln. Es interessiert mich nicht. Ich kann dir Geld leihen, ich kann dir einen Tee machen, wenn du erkältet bist, ich mach mit deiner Frau für dich am Telefon Schluss, während du mit deiner neuen Flamme unterwegs bist, aber erwarte nicht von mir, dass mir deine Meinung etwas wert ist. Wir können zusammen trinken, herumlungern und unsinnige Pläne schmieden, aber glaube nicht, dass ich deinetwegen auf meinen Spaß verzichten werde. Wenn du dir kein Vergnügen zu verschaffen weißt, ist das nicht mein Problem. Und wenn dich Vergnügen nicht interessiert, interessierst du mich nicht. Manche Leute strecken dir ihren Arsch entgegen, damit du reintreten kannst. Glaube mir, an denen läufst du besser vorbei. Was glotzt du so dämlich, hast du nichts Besseres zu tun, als mir zuzuhören?«

Und wenn Zocke und Falk erst mal in Fahrt gekommen sind, können sich die beiden stundenlang über das Phänomen Frau unterhalten. Mal sind sie sich einig, dann wieder sieht es so aus, als würden sie für den Rest ihres Lebens Todfeinde.

»Wenn du wissen willst, wie deine Freundin in zwanzig Jahren aussieht, schau dir ihre Mutter an und entscheide dann, ob du das ertragen kannst.«

»Oral habe ich es immer noch am liebsten, da kannst du mir erzählen, was du willst. Ich kann es mir bequem machen und die Frau sich nützlich. Das Risiko, sich dabei eine Krankheit zu holen, ist gering, und schwanger wird auch niemand. Außerdem gehört Eiweiß zu den Grundnahrungsmitteln.«

Zocke hat eine große Klappe, mit der er sich seinen Weg durch Leben bahnt, von Samstag bis Samstag, von hinten nach ganz vorne, von Party zu Party. Dabei weiß er zu allem etwas zu sagen und weiß doch irgendwie gar nichts. Er ist der Mensch, der uneingeladen auf einem Fest erscheint und wie von Geisterhand zum Mittelpunkt avanciert. Zocke sitzt immer in der ersten Reihe, spielt in der Topliga, steht meistens unter Strom und ist abstoßend und faszinierend zugleich.

Falk und ich sitzen an der Bar. Es dauert nicht allzu lange bis Zocke sich nach einem freien Hocker umsieht und sich zu uns gesellt.

»Na, haben dich deine Jünger schon verlassen?«

»Yes, Sir. Sagt mal, was ist denn mit euren Frisuren passiert? Habt ihr versucht, euch schön zu machen?«

»Nein, wir sind Achterbahn gefahren.«

»Ach so.«

Für eine Weile sagen wir gar nichts. Sogar Zocke scheint einfach nur dazusitzen und seinen Gedanken nachzuhängen. Aber man kann damit rechnen, dass er bald seine Klappe aufmachen wird, um irgendeinen Kommentar abzugeben. Falk blickt missmutig in den Raum. Es geht schon wieder los.

»Das ist doch eine einzige Falle hier. Sich freiwillig in eine Höhle voll schöner Frauen zu setzen, grenzt doch irgendwie an Masochismus.«

»Der ist ohnehin gerade in Mode. Du liegst also im Trend«, werfe ich ein. Als Zocke merkt, dass Falk über die anwesenden Frauen spricht, setzt er eine geradezu widerliche Maske auf, die eine amüsierte Überlegenheit demonstriert. Er krempelt mit weit ausholenden Gesten die Ärmel seines Hemdes zurück, die Zigarette im Mundwinkel. Ein Lächeln huscht über seine Lippen. Keine Frage, dieser Mann aalt sich wie ein Fisch im Wasser. Er fühlt sich hier pudelwohl, etwas Besseres als dieser Abend kann ihm gar nicht passieren. Falk lamentiert weiter: »Ich überlege bloß, wie das wieder enden wird, diese Nacht. Der Typ am Eingang denkt sich wahrscheinlich auch schon seinen Teil, wenn er mich sieht. Jeden Samstag als einer der ersten Gäste zielstrebig in diesen Laden rein marschieren und sechs Stunden später, voll bis zum Anschlag, wieder raus torkeln. Und mit jedem Bier, das ich intus habe, steigt diese wahnwitzige Hoffnung in mir, dass es mir irgendwie gelingen wird, eine Unterhaltung mit einer schönen Frau anzufangen. Es muss doch irgendeine Gelegenheit geben, hier Kontakte zu knüpfen. Es will mir nicht in den Kopf, dass die alle nur wegen der Musik kommen. Hier liegen Möglichkeiten im Raum, da bin ich mir ganz sicher, die warten nur darauf, dass sie von mir entdeckt und genutzt werden. Mit jedem weiteren Bier wachsen die Chancen, und ich werde wilder und verwegener, bleibe aber bis auf weiteres auf meinem Barhocker sitzen.«

Falk nimmt einen Schluck von seinem Bier und schaut in die Runde.

»So viel hübsche Mädels. Ich bin noch mitten in meiner Sturm- und Drangphase, habe auch den Eindruck, dass sich das nicht so schnell ändern wird. Die da drüben mit den langen, schwarzen Haaren macht mich schwach, schon allein, wie sie dasitzt. Aber ich fürchte, die ist eine Nummer zu groß für mich. Vielleicht ändert sich das mit dem nächsten Bier«, spricht er und nimmt drei große Züge. Zocke räuspert sich, als mache er sich für einen großen Auftritt bereit.

»Falls dich meine Meinung interessiert, lass dir gesagt sein, dass du die Sache viel zu ernst nimmst. Du hast zu viel Respekt vor den Frauen, der völlig Fehl am Platz ist.« Seine Zigarette klebt ihm an den Lippen, während er spricht.

»Dass du damit keine Probleme hast, wissen wir alle. Du bist ein Supermann.« Falk schaut immer wieder kurz in Richtung schwarze, lange Haare.

Zocke lacht: »Viel zu ernst, viel zu wichtig.«

»Ist ja ok. Ich will nicht jammern, hin und wieder läuft's ja auch. Manchmal unterliege ich einfach der weiblichen Reizüberflutung.«

»Pass mal auf.« Zocke erhebt sich von seinem Barhocker und schlendert scheinbar ziellos durch die Örtlichkeit. Er nimmt ein paar Flyer von der Auslage, lässt seinen Blick darüber schweifen, steckt einen davon in seine Jackentasche, den Rest legt er zurück. Wir schauen ihm beide hinterher, als hätte er einen Heiligenschein über dem Kopf schweben. Für den Bruchteil einer Sekunde taucht da immer wieder ein unverschämtes Grinsen in Zockes Gesicht auf. Ich sage noch: »Der hat bestimmt nur Scheiße im Kopf«, da schlängelt er sich auch schon zu der Schwarzhaarigen vor, die sich mit ihrer Freundin unterhält. Keine Ahnung was er vom Stapel lässt, wir können es nur an den Gesichtern erahnen, die uns Zocke regelrecht vorführt. Zuerst schauen die beiden kritisch, fühlen sich offensichtlich in ihrem Gespräch gestört. Zocke zaubert den Flyer aus seiner Tasche, zeigt darauf, verbeugt sich kurz und redet dann weiter. Die Schwarzhaarige nickt ein paar Mal kurz, sie sieht sogar irgendwie interessiert aus. Ein Lächeln umspielt ihre Mundwinkel, gleich darauf lacht sie richtig. Auch ihre Freundin scheint amüsiert. Dann plötzlich zeigt Zocke ganz direkt auf Falk und winkt lässig zu uns herüber.

»So ein Idiot!«, ruft Falk.

Wir sitzen beide da wie Blödmänner.

»Komm, wir setzen uns woanders hin«, schlage ich vor.

»Ich gehe mal Sanitär, danach sofort. Zocke geht mir ziemlich auf den Sack.«

Ich stehe auf, gehe ein paar Schritte, lehne mich an eine Wand und schaue vorsichtig wieder in Richtung Zocke. Ich bin nach wie vor neugierig, was er da treibt und schon ein wenig neidisch, wie lässig er solche Situationen meistert. Die beiden Frauengesichter wechseln schlagartig ihren Ausdruck. Zocke strahlt vor diabolischer Freude. Er scheint vor Spaß fast zu sterben und die Mädels werden wütend. Ich habe den Eindruck, Falk verpasst das Beste. Zocke kriegt den gestreckten Mittelfinger gezeigt, und ein Kippenstummel fliegt in seine Richtung. Auf Gesichtshöhe. Aber Zocke weicht souverän aus, winkt und geht auf die Tanzfläche, wo er sich unters rhythmisch beschwingte Volk mischt.

Später fragen wir ihn natürlich, was das für eine Aktion war.

»Well, ich wollte Falk nur zeigen, dass die Probleme nur in seinem Kopf sind und es kein Hindernis gibt, die schwarzhaarige Frau kennen zu lernen. Hätte schlechter laufen können, gebe ich zu, aber das Risiko ist immer da. Zuerst habe ich einen dummen Spruch losgelassen, dann den Flyer zum Aufbau einer kleinen Unterhaltung benutzt. In deren Verlauf habe ich dann ohne jeden Zusammenhang auf euch gezeigt, nur um Falk zu ärgern und dann habe ich angefangen, die beiden zu beleidigen. Falk, auch deine Ballkönigin ist nur ein Mensch, der scheißen muss. Schönheiten wie die müssen auch mal wieder hören, dass sie keine Göttinnen sind, sonst kommen die nicht mehr auf den Boden runter. Ich halte mich da nicht zurück.«

Zocke holt tief Luft: »Außer natürlich, ich will Sex.«

»Toll, Zocke, toll, vielen Dank dem weisen Meister!«, ruft Falk sichtlich verärgert.

»Wird schon wieder, Mann. Nächste Woche erinnert sich da kein Schwein mehr dran.«

»Da wäre ich mir aber nicht so sicher.«

»Außerdem habe ich eine neue Zielgruppe gefunden: junge, enttäuschte Mütter so um die achtundzwanzig. Die sind scharf wie die Sau. Wenn bei denen im Ehealltag die Luft raus ist, sind die zu allem bereit.«

Was für Zocke eine kleine Pflichtübung ist, hat für Falk eine völlig andere Bedeutung. Was Zocke leicht fällt, kostet andere ein gewaltiges Maß an Selbstüberwindung. Wo Zocke lächeln kann, stehen andere tausend Ängste durch. Zocke sieht nur ein offenes Tor, durch das man zu gehen hat. Aber deswegen hat er noch lange nicht mit seinen eigenen Grenzen und Schwächen gekämpft.

»Komm, wir machen ein Spiel«, schlägt Zocke vor. »Es gibt dabei auf jeden Fall was zu trinken auf meine Rechnung. Egal, ob man gewinnt oder verliert. Wie wäre es mit ...«

»Wodka«, springe ich ein. »Wodka wäre eine feine Sache. Einen doppelten, wenn irgendwie möglich, oder noch besser einen Longdrink mit Wodka.«

»Keine Longdrinks. Kurz und schmerzvoll muss es ein. Longdrinks sind für Langweiler. Habt ihr das nicht gewusst?«

»Nö.«

»Dann wisst ihr's jetzt.«

»Dann macht es mir nichts aus, ein Langweiler zu sein.«

»Und was für ein Spiel soll das sein?«, fragt Falk dazwischen.

»Also, passt auf. Wir hatten doch vorhin das kleine Problem mit dem Kennenlernen. Ich habe da eine neue Methode, die noch der intensiveren Erprobung bedarf.« Er grinst breit, bemüht sich aber augenblicklich, wieder einen ernsthaften Eindruck zu machen, und räuspert sich geräuschvoll.

»Okay. Es funktioniert ganz einfach. Ihr stellt der Person eures Begehrens eine kurze und sachliche Frage. Und wenn die Person antwortet, wisst ihr, woran ihr seid.«

Zocke schaut irgendwie erwartungsvoll in unsere Gesichter.

»Und?«, fragt Falk.

»Was, und?«

»Vielleicht sollten wir jetzt noch wissen, wie die Frage lautet?«

»Ja, gleich. Jetzt bestelle ich uns erstmal was zu trinken.«

Während er nach der Bedienung Ausschau hält, melden sich in mir sämtliche Vorurteile. Wenn Zocke ein Spiel vorschlägt, könnte es einen Nervenkrieg geben. Auch wenn es mir nicht passt, dass Zocke sich zu uns gesellt hat, so muss ich doch zugeben, dass dadurch eine abendliche Routine unterbrochen wird, die sich zwischen Falk und mir mit der Zeit einfach ergeben hat. Schon meldet sich in mir der Hunger nach Neuem, dieses Dürsten nach unbekannten Reizen. Hier ist sie wieder, die kurze Einsicht, dass es nichts zu verlieren gibt und man sich selbst viel zu wichtig nimmt. Manchmal habe ich tatsächlich den Drang, mich lächerlich zu machen. Es holt einen irgendwie auf den Boden der Tatsachen zurück, getreu dem Motto: Alles nur halb so wild, und was die anderen von mir denken, interessiert mich einen Scheißdreck.

Zocke zahlt die drei Wodka und schiebt sie vor uns hin.

»Also …«, sagt er und nickt uns zu.

Wir stürzen den Wodka runter.

»Also, die Frage besteht aus einem Wort und lautet: Ficken?«

»Was?«

»Das machst du uns vor«, sagt Falk. »Dann sehen wir weiter.«

»Na klar«, meint Zocke. »Ich gehe mich nur kurz frisch machen.«

Zocke verschwindet in Richtung Toilette. Falk dreht sich zu mir um.

»Das ist doch Panne, das ist viel zu direkt.«

»Na ja, immerhin kommt es ehrlich rüber.«

»Lass uns erstmal sehen, wie Zocke das handhabt. Notfalls zahle ich den Wodka selber«, meint er. Der größte Teil deiner scheinbaren Ablehnung besteht einfach aus Angst, denke ich. Auf der anderen Seite bist du genauso neugierig wie ich. Da haben wir die Schaulust in uns entdeckt. Lass uns sehen, wie es Zocke ergeht, erst dann wird innerlich entscheiden, wie wir uns verhalten. Ziemlich feige. Aber was ist mit mir? Bringe ich das?

Die Bedienung läuft an uns vorbei, und diesmal bestelle ich drei Wodka. Kurz darauf kommt Zocke wider.

»Na, hast du dich frisch gemacht? Nichts vergessen?«

Zocke sagt nichts, schaut an uns vorbei und zieht seinen Wodka runter. Dann läuft er mitten ins Gedränge und entschwindet vorerst unserem Blick.

»Der drückt sich.«

»Quatsch, das war doch sein Vorschlag.«

Außerdem hat er sich während des Frischmachens sichtlich um Konzentration und Haltung bemüht.

»Da hinten«, sage ich und zeige in die entsprechende Richtung. Zocke lehnt an der kleinen Theke und bestellt ein Bier. Mit einem Rundumblick hält er Ausschau nach seinem Opfer. Und da hat er es auch schon. Sie steht praktisch direkt neben ihm und bestellt was. Sie hat kurze, blonde Haare. Zeitgemäße Turnschuhe, sehr trendy Trainingsjacke. Die Getränke kommen gleichzeitig, und Zocke eröffnet die Partie. Wieder kann man nicht verstehen, was er von sich gibt, nur raten. Aber er scheint genau die gleiche Nummer wie vorher abzuziehen, denn kurz darauf holt er den Flyer aus der Tasche, und die Züge des weiblichen Wesens entspannen sich sichtlich. Dann greift die Frau zum Aschenbecher und kippt ihn in Zockes Bier. Das war's. Sie geht weg, Zocke kommt zu uns.

»WODKA«, schreit er. Und zu uns: »Letzte Woche hat's geklappt.«

Wir kippen den dritten Wodka.

»Jetzt seid ihr dran.«

Zocke ist wieder ganz der Alte. Kühl sieht er aus, aber irgendwie auch dämlich. Vermutlich hält er sich für sehr lässig. Zocke lässt sich auf dem Barhocker neben mir nieder. Ein wenig Schweiß steht auf seiner Stirn.

»OK«, sage ich. »Aber bei mir wird es etwas länger dauern.«

»Ach, du spielst auch mit?«, stichelt er.

»Klar.«

Ich gehe direkt in die Menge hinein, die sich um die Tanzfläche gebildet hat, und muss zugeben, dass ich keine Ahnung habe, was jetzt zu tun ist. Ich fühle nichts, in mir regt sich nichts, es ist, als ob mir alles egal sei. Der Wodka wirkt schon. Jetzt geht es nur noch darum, sich selbst zu beweisen, dass nichts wirklich wichtig ist. Das Leben ist eine Illusion. Die bunten Scheinwerfer huschen über die Tanzfläche vor mir, blenden mich zeitweise. Die Beats dröhnen hier vorne in unglaublicher Lautstärke. Mein Gehirn ist so leer. Meine Augen sind zwei Kameraobjektive, die ich nicht steuern kann. Und so hole ich mir unvermutet die Nahaufnahmen des Augenblicks. Da ist das Schild für den Notausgang. Ein weißes Männchen und ein Pfeil, schwach beleuchtet auf grünem Hintergrund. Da ist der Dreck auf dem Boden, Scherben eines Glases sind notdürftige in eine Ecke geschoben worden, und dort, wo sich die Flüssigkeit verlaufen hat, erkennt man schmutzige Abdrücke zahlreicher Schuhe. Eine

Zitronenscheibe klebt am unteren Ende der Wand, dort wo kaum Licht hin dringt und ohnehin alles ins Dunkle abfällt, so als gelte es, etwas auszublenden und zu vertuschen. Manchmal erscheint mir jeder Club wie eine Arche zu sein. Draußen tobt der Sturm der Wirklichkeit, das Chaos, eine Erde, die im Begriff ist, den Bach runterzugehen. Und drinnen hat man sich versammelt, um dem Samstagabend zu huldigen. Als herrsche eine allgemeinverbindliche Amnesie. Es wird so verzweifelt getanzt und sich amüsiert, als ob es das letzte Mal sei. Oder bin nur ich es, der die Verzweiflung herbeizaubert? Jemand steckt sich eine Zigarette an, mit einer Geste, die vollständige Geistesabwesenheit bezeugt. Diese Gesten sind Teile der Ewigkeit, denn sie wiederholen sich millionenfach auf der ganzen Welt. Zehntausendmal in einem Leben gemacht. So wie andere Bewegungen auch. Ein Glas, eine Flasche wird an die Lippen gesetzt, eine Türklinke hinuntergedrückt, ein Telefonhörer abgenommen. Ich weiß nicht, ob das alles irgendeine Bedeutung hat. Mir fehlen die Zusammenhänge, die waren nie meine Stärke. Da sind nur meine Augen und Bruchstücke der Welt, wahllos zusammengewürfelt. Ich sehe das Brandloch in der Lederjacke, die schräg abgelaufenen Sohlen von Dock's, die Laufmasche in der schwarzen Strumpfhose, ein Geldstück, das am Boden liegt. Kleine Füße, große Füße, verknitterte Aufschläge ungebügelter Hosen. So viele Beine, Arme, so viele Gesichter, die alle irgendwas erzählen. Aber was? Ich verstehe sie nicht. Metalldurchbohrte Nasen, Augenbrauen, Bauchnabel und Zungen. Zungen, die über Lippen huschen, während sich der Mund bewegt. So viele Münder gehen auf und zu und auf und zu. So viele Ohre in unterschiedlichen Verformungen. So viele Haare, gekämmt, gestriegelt, zerzaust, verklebt, abrasiert, verfärbt. Soll das Individualität sein? So viele Augen, die ganz andere Dinge erzählen als der Mund. Ich kann mir nicht helfen, aber das alles ist … sinnlos. Um mich herum ist alles beliebig, wahllos, ohne Rahmen, ohne Bedeutung. Die Welt zerfällt zu Spiegelscherben.

Da ist er wieder. Ich sehe ihn an der Decke schweben. Seine Gestalt ist aus Licht und trotzdem dunkel. Er grinst ein hohles Grinsen. Hinter seinen Schädellöchern klafft die schwarze Tiefe, aus der noch keiner zurückgekommen ist. Alles tot. Auf achtzig oder neunzig zähle ich in gut fünfundvierzig Sekunden. Jede Zahl steht für ein Jahr. Und in achtzig oder neunzig Jahren werden alle tot sein, die ich kenne. Alle Freunde, alle Feinde. Alle Menschen um mich herum, jetzt und hier, weg, verschwunden, als ob nichts gewesen wäre, mich selbst eingeschlossen. Meine Augen brennen vom Rauch in der Luft, als wolle man die Nichtigkeit beweihräuchern und damit exorzieren. Dieses plötzliche Bedürfnis sich anzulehnen. Wieder bin ich aus Unachtsamkeit mit fremden Gedanken kollidiert. Alles tot? Alles!

Dieser Gedanke gehört mir ganz allein.

Sie lacht mir entgegen, oder täusche ich mich? Ich lächle schwach in ihre Richtung, bin unsicher. In solchen Momenten das Überlegen anzufangen ist das Ende. Ich gehe zielstrebig die Treppe hinauf zu der kleinen Bühne. Jetzt erst registriere ich die Freundin, die neben ihr sitzt. Wieder zögere ich für einen kurzen Moment. An ihrem Tisch sind noch drei Plätze frei, dann plötzlich stehe ich direkt vor ihnen. Eine banale, platte Frage, und ich setze mich, drehe den Stuhl etwas abseits, um mich selbst mit der Situation anzufreunden. Augenblicklich bereue ich es, kein Getränk zur Hand zu haben. Oder irgendwas anderes, um sich daran festzuhalten, etwas, womit die Finger spielen könnten. Es ist nur ein blödes Spiel. Und allein, um Zocke keinen Gefallen zu tun, machst du jetzt keinen Rückzieher mehr. OK. Ich habe nur dies eine Leben. Jetzt wird es Zeit für eine kleine, unverbindliche Unterhaltung. Oder soll ich wirklich gleich mit dem Ficken anfangen?

»Habt ihr Lust zu … äh … kickern?«

Ich ernte seltsame Blicke. Was ist passiert? In rasender Schnelle versuche ich abzuchecken, ob ich etwas übersehen habe, inwiefern man mich hätte missverstehen können, oder ob die beiden mich einfach unsicher machen wollen. Eine der beiden lehnt sich zu mir rüber.

»WAS?«, schreit sie mir entgegen. Da habe ich es auch schon kapiert. Die Musik hier oben ist so laut, dass man sich einfach anschreien muss.

»HABT IHR LUST ZU … FICKERN. TISCHFUSSBALL, YOU KNOW?«

Ich bringe es einfach nicht.

»NEE, DU.«

»KEIN PROBLEM.«

Mir fällt bestimmt gleich was Besseres ein. Ich lächele freundlich. So was kann mich nicht aus der Bahn werfen. Oder? Nein, denn die Hübschere von beiden lacht mich jetzt mit hellen Augen an. Aber irgendwas stimmt da nicht. Aus dem Hinterhalt taucht eine schmierige Type auf. Er beugt sich hinunter und bekommt einen Kuss. Von beiden, wohlgemerkt.

»Gehen wir?«, fragt er. Die beiden Mädels stehen auf und nehmen ihre Jacken von den Stuhllehnen. Der Typ schaut mit einem befremdlichen Blick zu mir hinunter, dann sind sie weg, und ich bleibe allein zurück. Oh, Frauen dieser Erde, gedenket meiner, wenn ihr in den Armen eures Liebesten hänget. Gedenket all der armen, schwachen, hilflosen, sprachlosen, unbeholfenen, verklemmten, liebesbedürftigen Loser. Schauet nicht verachtend oder gar angeekelt auf sie herab. Auch sie brauchen hin und wieder ein freundliches Wort oder ein kleines Lächeln. Schenket ihnen etwas von eurer Anmut und Grazie, von eurem Dufte und eurem Glücke der Weiblichkeit. Der ein oder andere Amoklauf wird damit gewiss verhindert. Amen!

»Was für eine Clownsnummer war das denn?«, fragt mich Zocke, als ich zurück an der Bar bin.

»Den Wodka zahlst du trotzdem.«

Ich schütte ihn runter, als könnte er mich vom Ekel der Welt desinfizieren. Dann gehe ich Buchstaben pinkeln, was die Blase hergibt. Anschließend wasche ich mir sehr sorgsam die Hände, in der Zwischenzeit kommen und gehen drei Leute. Als ich zurück an meinen Barhocker komme, ist Falk bereits verschwunden um seinerseits das Glück herauszufordern. Zocke grinst mich an, etwas gedankenverloren vielleicht, wie er so an seiner Kippe zieht. Er bläst den Rauch aus der Nase und dreht sich zu mir.

»Soll ich dir was verraten?«

»Mmh?«

»Weißt du, ob du es glaubst oder nicht, diese Anmache kostet sogar mich Überwindung. Wir alle wissen doch, dass der Spruch ziemlich dämlich ist. In dem Moment, in dem ich ihn ausspreche, denke ich nicht daran, was er bedeutet oder ob es klappen wird oder nicht. Denn das Einzige, worauf es ankommt, ist die Überwindung. An solchen Widerständen fühle ich mich wachsen und reifen. Klingt in deinen Ohren wahrscheinlich lächerlich, aber es ist so. Ich brauche die Herausforderung, egal, was dabei herauskommt. Na ja, ganz egal vielleicht nicht, ich verliere doch so ungern, aber es ist nicht so wichtig.«

Wieder bläst er den Rauch aus der Nase.

»Auf einen Orgasmus mehr oder weniger kommt es auch nicht an.«

»Verstehe.«

Zocke redet von Wachstum und Reife. Jetzt einfach weghören, denke ich mir. So was beschmutzt mich irgendwie. Wenn manche Leute anfangen, ihr Innerstes auszuschütten oder mit Vehemenz eine sogenannte eigene Meinung zu vertreten, ist es besser für meine Gesundheit, nicht zuzuhören. Ich gebe nichts auf die Meinung anderer. Jedenfalls soweit ich die Einflussnahme auf mich nachvollziehen kann. Ich bestätige die Leute nicht in ihren Ansichten und widerspreche nur selten. Da ist ein Gefühl in mir, das mir sagt: Weder das eine noch das andere ergibt Sinn. Kommunikation macht irgendwie keinen Sinn. Das ist es. Man hat mir nachgesagt, ich sei ein stiller Typ. Ich habe das nie so gesehen. Die Welt ist zu geschwätzig, weil sie damit sich selbst aufrecht erhält. Manchmal glaubt man sich zu unterhalten, und dann plötzlich denkt man: Von was redet der da eigentlich, und wovon rede ich da überhaupt? Genaugenommen habe ich zu diesem oder jenem Thema gar nichts zu sagen. Und der andere scheint ebenfalls keine Ahnung zu haben, wovon er redet. Es ist, als ob jeder für sich allein vor sich hinspricht und anstandshalber wartet, bis der andere eine kurze Pause einlegt. Man glaubt, miteinander zu sprechen, aber in Wirklichkeit spricht bestenfalls jeder für sich alleine. Oder schlimmer noch, man glaubt, miteinander zu sprechen und spricht in Wahrheit gegeneinander. Einer Meinung zu sein bedeutet noch lange nicht, von der gleichen Sache zu sprechen. Wörter fallen aus meinem Mund. Ich höre mich sprechen, und ich sehe, wie der andere auf das Gesprochene reagiert. Sei es durch Gesten oder seine Mimik. In meinen Ohren beginnt es zu brennen und zu tosen, als ob mir eine Schicht Schallisolation in die Gehörgänge gepresst wird. Für Sekunden höre ich gar nichts mehr, dann bloß noch ein Murmeln, ein Flüstern, ein gedämpftes Etwas. Ich fühle mich sprechen, ich weiß, dass ich es bin, der momentan spricht, aber ich weiß nicht, worum es sich handelt. Dann kann ich sehen, wie die Worte aus dem Mund meines Gegenübers herauspurzeln. In solchen Momenten leben sie noch. Aber Worte sterben schnell. Sie zerfallen, sie lösen sich auf, sie zersplittern in einzelne Buchstaben. So wie jetzt bei Zocke. Sein Mund geht auf und zu und auf und zu. Ich schaue ihn an, und er bemerkt nicht, dass ich ihn regelrecht fixiere. Es ist mir peinlich. Ich glaube, jeden Moment müsse er doch merken, dass ich ihn anstarre, aber nichts dergleichen geschieht. Die Worte kugeln über die Theke. Sein ganzes Hemd ist vollgesabbert mit Worten und Buchstaben, die im Begriff sind, sich aufzulösen. Er hat sich mit Worten geradezu vollgekotzt, über seine Hose, seinen Hocker. Auf dem Boden hat sich bereits eine Lache gebildet. Eine Wortpfütze. Und jetzt, wo ich auf diesen Brei erst einmal aufmerksam geworden bin, muss ich auch genauer hinsehen. Und was ich sehe, lässt mich frösteln. Der gesamte Boden ist ein Tummelplatz für im Sterben begriffene Worte. Die Buchstaben krümmen sich und winden sich. Ich verstehe ihren Zusammenhang nicht, aber ich kann sehen, dass sie sich in die kleinsten Atome ihres Stoffes teilen. Und angesichts dieses Chaos frage ich mich, was mir denn anderes übrig bleibt als zu schweigen oder zu verstummen.

»Hey, ich hab dich was gefragt!«

Zocke rüttelt mich am Arm.

»Hier Planet Erde, hier Planet Erde, was geht denn?«

»Was?« Ich fahre aus meinen Gedanken hoch. »Um was geht's?«

»Ich hab dich was gefragt.«

»Bist du sicher?«

»Sag mal, willst du mich verarschen?«

Zocke macht ein ärgerliches Gesicht. Vermutlich hat er mir gerade sein Innerstes anvertraut, und jetzt muss er feststellen, dass ihm nicht zugehört wurde.

»Entschuldigung, ich war gerade woanders.«

»Das habe ich gemerkt. Aber was soll's. Bei Typen wie dir hätte ich es wissen müssen.« Seine Miene strahlt tiefe Verachtung für mich aus. Damit wäre wieder einmal eine Chance vertan, Zocke näher zu kommen. Aber das nimmt man am besten nicht persönlich, das macht er nur, um seinen Stolz, oder was er dafür hält, zu bewahren. Ich frage mich, wo Falk steckt.

»Wo bleibt Falk denn? Der wird doch nicht etwa einen Erfolg verzeichnen können?«

»Da mach dir mal keine Sorgen. Der steht da drüben und unterhält sich mit einem Bekannten.« Ich will weg hier, auch weg von Zocke, also gehe ich rüber und beichte mein Anliegen.

»Wie sieht's aus? Keinen Erfolg gehabt?«

»Nein. Ich hab auch keine Lust mehr. Bestell schon mal drei Wodka auf meine Rechnung. Ich komme gleich.«

»Das Spiel ist zu Ende und du hast natürlich gewonnen«, sage ich zu Zocke. »Drei Wodka auf Falk, außerdem gehen wir demnächst.«

»Einverstanden. Ist sowieso nicht gut, wenn ich mich so lange hier sehen lasse. Nachher denken die Leute noch, der Laden sei cool.«

Wenig später im Auto komme ich dann doch nicht drum herum, mir anzuhören, was mir Zocke vermutlich zu erzählen versucht hat. Da gab es diese Nacht, in der er geträumt hatte, mit einem Maschinengewehr durch eine Menschenmenge zu rennen und lachende Köpfe von Körpern zu schießen. Es hatte sich gut angefühlt und Spaß gemacht. Am Tag zuvor war er als Kriegsdienstverweigerer anerkannt worden. Das hatte ihm irgendwie zu denken gegeben.

Aktion »Gehirntod«

»Habt ihr Lust auf Party?« fragt uns Zocke, als wir alle im Auto sitzen. »Ich meine, auf richtige Party. Freunde von mir?«

Klingt fast wie eine Drohung.

»Klar«, meint Falk.

»Und sie, Herr Kritisch?«

»Immer«, entfährt es mir.

»Okay, ab geht's.«

Zocke dreht den Zündschlüssel. In abartigem Tempo fahren wir durch die Stadt. Wir sind raus aus dem normalen Film, wir fahren mit dem Zeitraffer. Es ist genau das richtige Tempo. Viel schneller dürfte es nicht sein, aber auch nicht viel langsamer. Es ist, als gäbe es eine ideale Geschwindigkeit, die einem Stillstand gleichkommt, und genau dieses Tempo hat Zocke erreicht. Wie die Lichter zu allen Seiten ineinander fließen, wie die Ampeln zucken und der Mittelstreifen auf der Fahrbahn sich krümmt und schlängelt, wie aus einem Guss. Die ganze Außenwelt scheint aus einer Form zu sein. Wir fahren, als sei unsere Spur vorgezeichnet, wie auf Schienen. Die Straßen sind leer. Ich lehne mit dem Kopf an der Fensterscheibe, halte die Augen geschlossen und genieße das Vibrieren der Scheibe. Meine Augen brennen. Eigentlich habe ich schon genug, aber mein Herz schlägt weiter. Es wird eines Tages noch früh genug stehen bleiben. Und ich fühle mich wohl in meiner Benommenheit. Ich fühle mich behaglich in meiner Müdigkeit. Ich bin weder richtig hier, noch ist an

Schlaf zu denken. Von vorne dringt seltsame Musik zu mir. Es sind einfach nur Töne, die sich mit den Farben hinter der Scheibe vermischen. In einer anderen Welt. Tief in mir. Dann tauche ich in die Schwärze hinab, und als ich wieder da bin, steht die Fahrertür offen. Wir parken mitten auf der Straße. Falk raucht zum offenen Fenster hinaus. Er sieht ebenfalls sehr müde aus, aber das macht nichts. Wir sind entschlossen, die Party zu feiern. Keine Ahnung, wie lange ich geschlafen habe.

»Was geht?«, murmele ich nach vorne.

»Wieder wach?«

Er dreht sich zu mir um und lächelt, bläst den Rauch an die Decke des Wagens.

»Zocke wohnt hier. Er wollte noch ein paar Sachen holen bevor es los geht.«

»Ich dachte, wir machen Party?«

»Ja, aber nicht in dieser Stadt.«

»Was?«

»Achtzig Kilometer sind nicht die Welt.«

»Das ist gegen die Spielregeln.«

»Gegen welche?«

»Gegen unsere. Ganz im Allgemeinen.«

»Sorry, Mann. Wir sind dabei. Jetzt und alle Tage.«

Ich lasse mich wieder nach hinten auf den weichen Rücksitz fallen, schließe die Augen. Kurz darauf kommt Zocke, reißt die hintere Tür auf. Die frische Luft tut gut. Zocke wirft zwei Schlafsäcke auf den Rücksitz. »Nur für euch, ihr Penner.«

Es folgt eine riesige Plastiktüte, in der sich, dem Klirren nach, einige Flaschen befinden. Ich werfe einen Blick hinein und werde nicht enttäuscht. Wodka, Korn, Bier, Orangensaft und Mineralwasser. Dazu Chips, Schokolade und Kekse, die vermutlich mit Hasch gebacken wurden. Wieder startet Zocke den Wagen, während ich mich quer auf die Rückbank lege, die Tüte als Kopfkissen zwischen meinen Händen.

»Hey, wir sind da.«

Falk hält mich an den Schultern gepackt und schüttelt mich. Zocke sagt nichts, klemmt sich einen Schlafsack unter den Arm, nimmt die Tüte in die Hand. Ich brauche einige Sekunden, bis mich der Sinn der Worte erreicht hat.

»Wir sind angekommen. Wir sind da.«

Ich rapple mich hoch, fahre mir mit den Fingern durch die Haare. Kaum stehe ich auf dem Bürgersteig, verfliegt die Müdigkeit, löst sich in Wohlgefallen auf, verschwindet einfach.

»Aaaarrrrgh!« Da stehe ich und schreie mir die Seele aus dem Leib. Buchstäblich.

»Geht's noch? Weißt du, wie viel Uhr es ist?«

»Ich wollte mich den Bürgersteigen, den Häusern mit ihren Türen und Fenstern, diesem neuen Stück Himmel vorstellen. Hier bin ich. Das ist alles.«

»Dann mach das leiser.«

Wir laufen ein wenig, dann stehen wir vor einer Tür. Zocke drückt auf eine Klingel unter vielen. Der Türöffner summt, und wir stolpern drei oder vier Stockwerke nach oben, wo uns ein Typ mit Brille und Zopf empfängt. Zocke führt uns in die Küche, da sitzen Leute. Wir werden ihnen vorgestellt. Die Küche ist verraucht und für die neun anwesenden Menschen entschieden zu klein. Sie sitzen um den Küchentisch oder stehen an die Kanten des Mobiliars gelehnt. An der Wand hängen Poster und Zeitungsausschnitte, es gibt eine aufgestellte Kasse mit einer aufgeklebten

Liste, auf der verschiedenfarbige Namen, Daten und Unterschriften verzeichnet sind. Welcher Mitbewohner hat wann was bezahlt. Auf den Ablagen gibt es praktisch keinen freien Zentimeter. Überquellende Aschenbecher, leere und angebrochene Verpackungen, Flaschen, Zeitschriften, Kleingeld, Schlüssel, Gewürze, Spülmittel. In der Ecke stehen zwei Stapel mit Getränkekisten. Ein tragbares Radio mit CD-Player steht auf einem Regal. Daneben haufenweise CDs, teils ohne Booklet, teils ohne Hüllen, angestaubt. Die Namen der anwesenden Personen sind zuviel für mich. Nach dreien gebe ich auf und vergesse auch diese augenblicklich. Ich beschließe, eigene Namen zu verteilen. Die Leute hier sehe ich vermutlich die nächsten paar Stunden und dann nie wieder, und für die anderen bin ich auch nur ein aus dem Nichts aufgetauchtes Gesicht. Laut Zocke wohnen nur drei Leute hier, der Rest ist Bekanntenkreis.

»Wollt ihr was rauchen?«

Einer der Typen zieht eine Alditüte unter dem Tisch vor, die bis oben hin mit Gras vollgestopft ist. Das ist der absolute Wohlstand, hier streitet sich wohl niemand um ein paar Züge. Augenblicklich macht sich intensivster Geruch breit. Falk, Zocke und ich teilen uns eine durchsichtige Bong, deren Zylinder halbvoll mit Wasser gefüllt ist. Beim Ziehen entsteht ein glucksendes Geräusch, und der Rauch sammelt sich dicht über der Wasseroberfläche. Ich nehme den Finger vom Loch und spüre, wie es mir den Rauch in den Hals und hinunter in die Lunge presst. Dann folgt der Moment, in dem der Astronaut die Türe der Raumkapsel öffnet und sich abstößt. Und schwebt und schwebt.

FFFFFFFFHHHHHHHHHHHHUUUUUUUUU.

Ich atme aus, erstaunt darüber, wie viel Volumen meine Lungenflügel hergeben. Ich schaue dem Rauch zu, wie er, einer Fontäne gleich, Richtung Decke schießt, anfängt stillzustehen, und sich um die eigene, vermeintliche Achse und in sich selbst bewegt, sich verflüchtigt. Dann wiederhole ich das Spiel, denn es ist ein Spiel, und reiche Bong und Feuerzeug weiter. Die anderen reden wirr durcheinander, zwei Gruppen haben sich gebildet. Falk und ich stehen etwas verloren da. Inzwischen ist es halb fünf in der Frühe. Falk holt sich eine Tüte Chips und bietet mir welche an, seine Augen haben einen glasigen Ausdruck. Wir sind nicht einmal dazu gekommen, unsere Jacken auszuziehen. Ich fühle mich geschwächt und setze mich auf eine der Bierkisten. Als ich das nächste Mal die Augen öffne, bin ich allein in der Küche. Es ist still in der Wohnung. Die Sonne dringt ziemlich frech durch die Ritzen und Rollläden. Mir tut das Kreuz und der Hintern weh. Ich rapple mich hoch, schlurfe zum Tisch und lege mich auf die verkrümelte Küchenbank, decke mich notdürftige mit der Jacke zu. Plötzlich muss ich an Julius Cäsar denken. Wie er mit seinem Heer vor mehr als zweitausend Jahren ein Lager aufgeschlagen hat. Dabei habe ich für Soldatenromantik wirklich nichts übrig. Aber ich sehe dieses Lager vor mir. Mein Gehirn kommt mir manchmal gefährlich vor.

»Julius, du Sack«, flüstere ich in der aberwitzigen Hoffnung, eine Reaktion zu bekommen, die nicht meinen eigenen Gedanken entspricht. »Hey, Julius. Du Sack!« An meiner Backe reiben sich Chipskrümel. Mit einer heroischen Geste wilder Entschlossenheit fege ich sie über die Kante.

Der Morgen kommt mit Lärm und grellem Licht, mit Zigarettenqualm und einer Hand, die mich anstößt. Mein erster Impuls besteht daraus, dem feindlichen Aggressor in die Magengrube zu treten, aber ich begreife rechtzeitig, wo ich mich befinde.

»Guten Morgen«, sagt die Stimme.

»Ja, ist recht.«

Ich setze mich auf. Der Typ mit Pferdeschwanz und Brille beginnt, in der Küche zu hantieren. Er setzt einen Pott Kaffee auf und öffnet die Fenster. Und zu meinem Erstaunen trifft mich die Stimmung, die so unvermittelt hereinbricht, mitten ins Herz. Munterer, zierlicher Singsang der Vögel kündet von einem schönen Tag. Frische, warme Luft verteilt sich in der ganzen Wohnung, streichelt den Menschen über die Köpfe und holt sich sanft ins Leben zurück. Ich könnte heulen. Irgendwie könnte ich plötzlich Rotz und Wasser heulen. Ich weiß nicht, warum. Das hat sich noch nie gelohnt. Die Sonne steht bereits hoch am Himmel, der strahlend blau seine unermessliche Weite erahnen lässt. Es ist später Mittag oder früher Nachmittag. Pferdeschwanz sieht keine Notwendigkeit, zu sprechen, was mir sehr entgegenkommt. Ich habe das Bedürfnis, mich nützlich zu machen. Wie ein über Jahre eingespieltes Arbeitsteam ergänzen wir uns gegenseitig. Jeder Griff ist Routine. Wir leeren die Aschenbecher, sammeln die Gläser ein, stellen die Flachen zurück in die Kästen. Kippenstummel, Papierfetzen, Asche, alles fliegt in den Müll. Die volle Mülltüte wird zugeknotet und durch eine neue ersetzt. Der Tisch wird nass gewischt, und über all diesem uneingestandenem Genuss an geschaffener Ordnung liegt der Duft von Kaffee und einem verheißungsvollen, angenehmen Sommertag, in den sich die alte, mir bekannte Melancholie mischt.

»Wie heißt du eigentlich?«, werde ich gefragt.

»Nenn mich, wie du willst.«

Bitte nicht als arrogant werten. Warum musst du diesen schönen Tagesanbruch mit einer solchen Banalität belasten? Für einen Augenblick scheint Disharmonie im Raum zu schweben. Außerdem hat Zocke mich letzte Nacht doch vorgestellt. Ich versuche zu grinsen, dem Geschehnis irgendeine lachhafte, unwichtige Bedeutung zu geben. Pferdeschwanz holt Eier aus dem Kühlschrank und schlägt sie in eine Pfanne. Kein Kommentar seinerseits, aber auch kein sichtlicher Stimmungswechsel. Hat sich wohl erledigt. Wir decken den Tisch. Das Geräusch, wenn Löffel gegen Tassen und Teller schlagen, dieses Klirren, habe ich immer als sehr vertraulich empfunden. Seltsame Verknüpfungen, die das Leben in seinem willkürlichen Lauf vorgenommen hat. Ein Geräusch, eine Erinnerung, ein Duft, ein Bild, das aus längst vergangenen Tagen wieder auftaucht. Alles nur individuelle Impulse, und doch entziehen sie sich völlig unserer Kontrolle, sind damit gleichzeitig beliebig auswechselbar. Wenn alles einzigartig ist, bedeutet es auch, dass nichts einzigartig ist.

Eine Frau, ich nenne sie die Prinzessin von der Erbse, betritt den Raum des Geschehens, nur mit einem sehr langen T-Shirt bekleidet, die Haar dezent durcheinander. Sie gähnt, fährt sich durch die Haare. Kurz darauf erscheint Falk im Türrahmen. Beide setzen sich an den Tisch, die Kaffeemaschine röchelt und zeigt damit den potentiellen Beginn eines Frühstücks an.

»Hat jemand Lust, zum Bäcker zu gehen? Uns fehlen Brötchen oder Brot.«

Jetzt ist auch aus den anderen Zimmern ein Gemurmel zu hören. Türen werden geöffnet, das Bad wird frequentiert.

»Ich gehe«, meint die Prinzessin.

»Ich komme mit«, fügt Falk mit trockenem, scheinbar belanglosen Tonfall hinzu. Ich schaue ihn mir genauer an. Er bemerkt es, blickt kurz zu mir herüber und dann zum Fenster hinaus. Alles klar. Dafür kenne ich ihn einfach zu lange.

Er hat sich letzte Nacht, allem Alkohol zum Trotz, mit der Prinzessin vergnügt. Herzlichen Glückwunsch. Seine Augen strahlen stille Befriedigung aus. Die Klospülung wird unüberhörbar betätigt, und Zocke stolpert in die Küche.

»Ha, Zocke Morgenkack«, begrüßt ihn der Pferdeschwanz.

»Ja, Entschuldigung«, empört sich dieser. »Wie war denn euer Stuhlgang heute?«

»Reichlich.«

»Na also. Und die Konsistenz?«

»Oh, Zocke!« Die Prinzessin verschwindet unter die Dusche. Aus dem Kühlschrank wird bereits Butter, Käse, Wurst und Marmelade auf den Tisch gezaubert.

»Gibt's auch Nutella?«

Ein Typ mit Kragenshirt und künstlich gebräunter Haut setzt sich zu uns an den Tisch. Er bekommt keine Antwort.

»Na, gut geschlafen?« erkundigt sich Zocke nebenbei.

»Geht so.«

»Warum hast du den Schlafsack nicht benutzt?«

»Vergessen.«

Die meisten Gesichter sind noch dezent verschoben, man wartet auf die Brötchen.

»Wollt ihr was rauchen?«

Die ersten Joints des Tages werden gedreht und die erste Bong gestopft. Dazu Kaffee, und irgendjemand schaltet Musik ein. Ein Tag nimmt seinen Lauf. Ein Tag, der in erster Linie mit Herumhängen verbracht wird. Während die ortsansässigen Gäste den Heimweg antreten, bildet sich bei den übrigen eine Minderheit heraus, die bis zum Abend etwas unternehmen will. Unter ihnen auch Falk. Sie einigen sich auf einen Spaziergang, der zu den kleinen Sehenswürdigkeiten der Gegend führt. Ich bleibe in der Wohnung, schlendere durch die verschiedenen Zimmer und blättere in den Büchern.

Meine Hoffnung, auf einen Gleichgesinnten zu stoßen oder auf jemanden, der mir neue Impulse geben kann, erfüllt sich auch hier nicht. Die Bücher sind langweilig, und die Leute sind alle nett, aber irgendwie gleich. Ich verstehe nicht, wie man so leben kann. Also werfe ich mich in einen Liegestuhl auf dem Balkon und döse in der Sonne vor mich hin, warte und hoffe auf die Nacht, für die eine öffentliche Riesenparty angesagt ist.

Am Abend finden sich nach und nach die gleichen Leute ein wie tags zuvor, die Wohnung füllt sich, und man bricht gemeinsam auf. Als Sicherheitsmaßnahme Nummer eins habe ich mir zumindest die Straße und den Namen eines WG-Bewohners geben lassen, um im Fall der Fälle überhaupt zu wissen, wo ich hingehöre. Wie ein Hund. Zum Auftakt ist ein Abstecher auf eine Gartenparty angesagt, zu der mindestens ein Anwesender eingeladen ist. Als Gastgeber weiß man ja, wie so etwas aus dem Ruder läuft: Man lädt jemanden ein, der eventuell noch jemanden mitbringen möchte, und der schleppt dann neun Leute mit, die niemand kennt, die sich schlecht benehmen, fressen, alles wegsaufen, Radau machen und sich mit den Nachbarn anlegen. Als wir die letzten Häuserreihen hinter uns lassen und auf den besagten Garten zusteuern, ist es bereits stockdunkel. Da es keine Laternen gibt, laufen wir blind wie die Maulwürfe querfeldein durch kniehohes Gras. Zocke bereitet uns taktisch auf die Übernahme des Gartens vor: »Auf keine Diskussionen einlassen! Sobald wir das Tor hinter uns haben, zerstreut sich die Gruppe. Ulrich übernimmt die Getränke, Hanna das Essen, und ich betreue die musikalische Untermalung. Matthias unterhält sich mit dem Gastgeber, der heißt übrigens Sven. Im Zweifelsfall täuschen Jochen und Annika eine handfeste Auseinandersetzung vor, um die allgemeine Aufmerksamkeit auf sich zu lenken.«

Mit sicheren Schritten weist uns Zocke den richtigen Weg durch das Gartentor. Schwaches Licht aus einer Holzhütte, davor mehrere Klapptische und Holzbänke. Vereinzelt stehen Kerzen auf den Tischen, und man hat ein paar Fackeln in die Erde gerammt. Es sind nicht viele Leute da, und unter ihnen befinden sich offensichtlich drei Pärchen. Sieht nach einer schnuckeligen Privatfete aus. Ich hole tief Luft. Händeschütteln, hallo, Händeschütteln, Tag, hallo, Händeschütteln, hey. Wir holen Stühle aus der Hütte und setzen uns dazu. Es gibt noch Bratwürste und abgelaufenes Bier. Ich hasse Bratwürste, habe aber tierischen Hunger. Also esse ich sie, sie sind ziemlich schlecht gegrillt. Außen verbrannt, innen roh. So einfach ist das. Der Senf ist höllisch scharf und brennt bis in die Nase hoch. Es ist warm, es ist Nacht, und die Sternlein stehen am Himmelszelt. Ich blicke zu ihnen hinauf und frage mich, von welchem man mich einst auf die Erde verbannt hat, um einen Auftrag zu erfüllen, an den ich mich nicht mehr erinnern kann. Es wird mir wieder einfallen, da bin ich mir ziemlich sicher. Aus einem Babyrekorder tönt leise Musik, still sitze ich auf meinem Stuhl und lasse es gut sein. Keine Ahnung, worüber die anderen reden. Falk hockt vor dem Grill in der Hütte, er hat noch diverse Sachen im Feuer, und inzwischen kann ich mir sogar den Namen seiner Spontaneroberung merken: Tine, obwohl das nichts weiter zur Sache tut. Ich überlege mir gerade, welchen Baum ich gießen werde, als mir jemand mit der flachen Hand auf die Schenkel klatscht.

»Es hat noch Platz auf der Bank. Wie heißt du noch mal?« Ich schaue in ein Frauengesicht und denke mir einen Namen aus. »Boris.«

Für den Rest des Abends ist ein Späßchen gesichert. Meine Blase drückt. Ich wechsle auf eine der Bänke und finde mich mitten unter vielen Quatschköpfen wieder, die mich mit falschem Namen anreden. Ich kämpfe mit mir selbst, freundlich dreinzublicken und ein interessiertes Gesicht zu machen. Ich zähle innerlich auf hundert und werde dann eine Belanglosigkeit ein. Man soll mir nicht vorwerfen können, ich sei zu schweigsam. Es hilft außerdem, sich trotz fortschreitender Alkoholisierung zu konzentrieren. Ich werde hin und wieder nach meiner Meinung gefragt, leider habe ich keine Ahnung, um was es geht. Die Frau, die mich am Aufstehen und Pinkeln hindert, redet am lautesten und am schnellsten von allen. Sie lacht laut. Vielleicht sollte man ihr ein Würstchen anbieten, um ihr das Maul zu stopfen. Irgendwann kapiere ich, dass sie die Freundin des Gastgebers ist und vermutlich glaubt, eine besondere Stellung inne zu haben. Sie ist eine der selbstdressierten Hausfrauen von morgen, die den Anspruch an sich hat, eine perfekte Gastgeberin sein zu müssen, die überall mitreden kann. Ich halte mich zurück und öffne noch ein Bier, das gar nicht mehr schmecken will. Sie ist genau die Sorte Mensch, die Schuld am Weltuntergang haben. Sie hat zu allem eine Meinung. Sie kann die ganze Welt in Sekundenschnelle und ohne zu zögern in »ganz toll« und »total eklig« einteilen. Sie ist beruflich engagiert und hat ihre Zukunftspläne. Ihr Leben ist großartig und interessant, und an herrlichen Sommerabenden wie diesem gibt sie mit ihrem Lover zusammen ein geschmackvolles Gartenfest. Vielleicht ziehen sie bald zusammen und bekommen ein

Vorzeigebaby. Viel Glück! Sie gibt das Gesprächsthema vor und erzählt von ihrem Interesse am alten Ägypten. Neben ihr hat keine andere Meinung Bestand. Sie scheint auf jeden einzugehen, und ist dabei so kalt wie affektiert. Sie krault ihren Liebling nebenbei, und der sitzt da wie ein Esel, der so lange getätschelt wird, bis er »I-AH« gemacht hat. Ihre Selbstgefälligkeit kennt keine Grenzen, sie fühlt sich supertoll. Dann beginnt sie, von Pink Floyd zu schwärmen. Ich nehme einen kräftigen Schluck aus meiner Flasche. Sie war mit ihrem Liebling auf einem Stadionkonzert von Pink Floyd. Sie liebt Pink Floyd. Sie hat auch ein T-Shirt von Pink Floyd. Sie kennt fast alle Platten von Pink Floyd. Die Seventies müssen eine gute Zeit gewesen sein, vor allem wegen Pink Floyd. Die Musik von Pink Floyd macht besonders unter Drogen Spaß. (Baby, hast du versehentlich den Hustensaft erwischt?) Pink Floyd haben auch Drogen genommen, zumindest Syd Barrett. In den Seventies war was los. Und dann Pink Floyd. Und überhaupt Pink Floyd.

Jetzt ist es nun mal so, dass es für mich kaum etwas Lächerlicheres gibt als wohlhabende, alte Fettsäcke, die bloß noch in Stadien auftreten und überdimensionale Schweine aus Laserstrahlen über eine Bühne kreisen lassen, die von einem gut sichtbaren Autokonzern gesponsert werden und denen immer noch der faulige Gestank der Siebziger in den Klamotten sitzt. Ich freue mich schon auf den Tag, an dem die Nachrichten melden, dass die Rolling Stones verreckt sind, der Rest von den Doors von der Erde getilgt wurde und die alten, stinkenden Männer von Pink Floyd in der Grube versenkt sind. Ich stehe auf und sage: »Du bist so scheiße, und alles, was du erzählst, ist Scheiße.«

Dann knalle ich zurück auf die harte Bank und rutsche seitlich weg. Es herrscht kurz Stille. Dann erschallt allgemeines Gelächter. Ich gebe es auf. Man glaubt, ich hätte Spaß gemacht. Der Alkohol dröhnt bereits ordentlich, ich muss aufpassen, dass ich mich nicht selbst disqualifiziere, sonst bin ich vorzeitig erledigt. Ein Kraftakt lässt mich aufstehen und pinkeln gehen. In einem hohen Bogen schießt die Pisse aus meinem Schwanz, die Eichel glänzt feucht im Feuerschein der Schwefelfackeln. Was für eine Erleichterung. Als ich fertig bin, treten mir Zocke und Falk in den Weg.

»Was geht?«

»Komm mit«, sagt Falk verschwörerisch.

Wir verlassen den Garten und laufen ein wenig, dann bleibt Zocke stehen und zieht aus seiner Hosentasche eine Blechschachtel hervor. Er öffnet sie und beleuchtet mit einem Feuerzeug den Inhalt.

»Ich nehme mal an, dass es sich hierbei nicht um Vitamintabletten handelt.«

»Exakt.«

Zocke nimmt sich eine und schluckt sie vor meinen Augen hinunter.

»Als Freund des Hauses möchte ich dich einladen auf eine Reise der besonderen Art.«

»Ich kann nur sagen es lohnt sich. Und du weißt ja: Das erste Mal ist immer umsonst.«

»Aber nicht vergebens.«

Auch Falk nimmt sich eine. »Das ist meine zweite heute Abend.«

Ich bin misstrauisch. »Nein, danke, Jungs. So eine Chemiescheiße schlucke ich nicht, ich hab keine Ahnung, was da drin ist.«

Falk grinst. »Das hab ich auch gesagt.«

»Und?«

»Natürlich weißt du nicht, was da drin ist, sonst hättest du dir schon längst zwei genommen.«

»Und wenn ich auf dem Trip hängenbleibe?«

»Genau das hab ich auch gefragt.«

Zocke seufzt.

»Dann kommst du in eine geschlossene Anstalt und bist für den Rest deines Lebens glücklich.«

»Oh Mann.«

Innerlich habe ich mich längst entschieden, aber ich zögere noch einen Augenblick. Dann wähle ich eine blasse, hellgrüne Tablette, die von kreuzartigen Einkerbungen durchzogen ist, lege sie auf die Zunge und schlucke sie hinunter.

»Herzlichen Glückwunsch.«

Die beiden klopfen mir auf die Schulter, als hätte ich eine große sportliche Leistung vollbracht. Wir gehen in den Garten zurück und setzen uns wieder auf die alten Plätze, als ob nichts passiert wäre. Die anderen unterhalten sich noch immer, und vermutlich ist unser kleiner Spaziergang, der keine fünf Minuten gedauert hat, nicht mal aufgefallen.

Irgendwann wird ein Spiel gespielt, das sich »Quarter« nennt. Ich verstehe es nicht ganz, aber es scheint die Mitspieler zu amüsieren. Jemand versucht ein Geldstück in ein volles Bierglas zu katapultieren, und wenn es einer geschafft hat, muss der recht neben ihm das Glas austrinken. Und das geht so lange, bis jemand versehentlich das Geldstück mittrinkt und fast daran erstickt. Nachdem es nichts mehr zu essen gibt, verabschieden wir uns langsam und machen uns für die eigentliche Party bereit. Wir stolpern den Weg durch das hohe Gras zurück zu den Autos. Da ein Fahrer abgesprungen ist, müssen wir näher zusammenrücken. Ich finde mich im Kofferraum eines Kombis wieder, in den ich mit vier weiteren gekrochen bin. Der Fahrer versucht sich für eine Ralley durch das hügelige Buschland Südafrikas zu qualifizieren. Wir hauen uns alle die Köpfe an und reiben uns die Ellbogen wund. Irgendwie habe ich ständig die Hand oder den Fuß eines anderen im Gesicht und am Hals. Alle reden durcheinander und lachen. Ich fühle mich seltsam. Etwas schwindelig vielleicht. Diese Pillen, denke ich immer wieder, diese Pillen. Der Fahrer hupt die ganze Zeit. Er steht an einer roten Ampel und hupt wie verrückt. Einfach so. Falk, der den Beifahrersitz ergattert hat, reißt während der Fahrt immer wieder die Türe auf und schreit den anderen Autofahrern, den Fußgängern oder einfach nur der Nacht unverständliche Parolen entgegen. Er lehnt sich ziemlich weit nach draußen und macht: »Uuuuuh!!!« Oder er hält mit einer Hand das Feuerzeug mit dem Zündrad nach unten auf die Straße, so dass es Funken schlägt. Wir fahren Zickzack durch die Blinkleuchten einer Baustelle, mähen festgeschraubte Signalhütchen nieder und lachen uns krank dabei. Plötzlich stehen wir vor einem großen Gebäude. In mir ordnet sich die Welt in anderen Maßstäben. Ich nehme nurmehr in einzelnen Bilder wahr, die abgehackt aufeinanderfolgen, ohne dass ich die Schnittstelle bemerken würde. Der Verstand arbeitet nur noch sekundenweise in vereinzelten Schüben, versucht mir zu erklären, was ich sehe und höre. Wir stehen in einer sehr lagen Schlange und drängeln uns nach vorne durch. Einer von uns sorgt irgendwie dafür, dass wir noch reinkommen, obwohl offiziell bereits wegen Überfüllung niemand mehr zugelassen wird. Wir sind mitten in der größten Party der Stadt und verlieren uns augenblicklich im Gedränge der Menschenmassen, die sich wie in einem Ameisenhaufen gegenseitig vom Weg abbringen und eine sinnlose Spur hinter sich her ziehen. Jemand rät mir noch, hier nichts zu essen, weil letztes Jahr in den scharfen Saucen verschiedener Fastfoodspeisen fünfzehn verschiedene Spermaspuren nachgewiesen werden konnten. Dann taumele ich alleine durch die Räume, Saal für Saal. Automatisch stelle ich mich in die Reihe vor dem Getränkeausschank und hole mir einen großen Plastikbecher Bier, von dem ich augenblicklich ein Drittel verschütte. Ich will zahlen, aber ich kann nicht. Ich bin nicht in der Lage, meinen Geldbeutel aus der Hosentasche zu holen. Ich kann diese Bewegung einfach nicht ausführen, weil mir mein Arm und meine Finger nicht gehorchen. Ich umklammere wie ein Wahnsinniger den Plastikbecher und sehe zu, dass ich Land gewinne. Ich suche Schutz an der Wand des Raumes, lehne mich dagegen und verliere mein Gleichgewicht. Ich denke mir noch: Junge, jetzt beherrsch dich, reiß dich zusammen, und dann wechselt schlagartig die Perspektive. Ich sehe Schuhe in Großaufnahme, betrachte die Welt von unten, versuche, die Augen ganz weit auf zu machen. Der Becher fliegt mir aus den Händen. Ich rolle mich über den Boden. Irgendein Gesicht streift ganz nah an meinem vorbei. Man greift mir unter die Arme und redet auf mich ein. Irgendjemand tupft mit einem Taschentuch in meinem Gesicht herum. Die Nase und meine Zähne tun mir weh, als hätte ich auf Granit herumgekaut. Ich will sagen: »Hey, es ist alles in Ordnung! Ich finde die Party mehr als geil!« Aber meine Zunge gehorcht mir nicht. Es ist immer wieder aufs Neue ein Phänomen. Ich fühle mich völlig klar im Kopf, weiß, was ich sagen will und breche dann zu meiner eigenen Überraschung auf dem nächsten Tisch zusammen. Reiße alle Teller und Gläser mit, wo ich doch nur zum Kühlschrank hatte gehen wollen. So auch jetzt. Ich höre meine eigene Stimme, weiß, dass es meine Stimme sein muss, die da krächzt und stammelt. Ich spüre instinktiv, dass man mir die Party verderben will, man will mich fortschleppen und auf Eis legen. Aber ich lasse mich nicht so leicht aus dem Spiel nehmen. Ich reiße mich von Leuten los, die vorgeben, mir helfen zu wollen, wo ich doch gar keine Hilfe brauche. Ich spucke sie an, trete um mich und rette mich in einen anderen Saal hinüber, bevor man meiner erneut habhaft wird. Hier spielt eine Liveband. Schnelle Gitarrenriffs und ein ratterndes Schlagzeug, dazu unverständliches Geschrei, das aber eine emotionale Botschaft ganz deutlich zum Ausdruck bringt: Ich bin empört und wütend und mit dieser Gesellschaft nicht einverstanden. Die Musik kommt über mich wie eine große Flutwelle und spült mich mit. Ich tauche ein, bekomme kaum noch Luft. Menschen klettern auf die Bühne und springen über die Köpfe der anderen zurück in de Menge. Augenblicklich klebt alles an mir, nass geschwitzt bis auf die Knochen. Ich stoße, drehe und schiebe mich zwischen Leuten hindurch, bis ich den Durchgang zu einem weiteren Raum entdecke. Klein und unscheinbar. Dort treffe ich auch ein bekanntes Gesicht, dem ich zwar keinen Namen zuordnen kann, aber ich bin mir sicher, es gehört zu Zockes Bekanntenkreis. Dann trifft es mich wie ein Schlag in den Magen. Das ist doch Falk, verdammt. Natürlich ist das Falk.

»Falk, hilf mir! Ich hab dich fast nicht mehr erkannt.«

Er sagt: »Steig ein!«, und meint damit einen Einkaufswagen, den er vor sich her schiebt. Möchte wissen, woher er den hat.

»Von der Bar geklaut, die haben damit ihre Getränkekisten transportiert.«

Ich klettere umständlich in den Einkaufswagen, falle hinein wie ein nasser Sack.

»Yeeeaaaaah.«

Er schiebt mich durch den Saal, springt zeitweise selbst immer wieder mit auf und erweist sich als würdiger Fahrer, wenn er die Kurven mit Bravour meistert. Wir rammen reihenweise in Menschentrauben hinein, die versuchen uns auszuweichen. Gläser fallen zu Boden. Wir werden angeschrien und beschimpft. Wir sind die allerletzten Idioten, aber das haben wir schon immer gewusst.

»Schneller«, schreie ich. »Schneller!«

»Yeeeaaaaah.«

Ich versuche, mich im Einkaufswagen hinzuknien, aber da packt irgend so ein Arschloch ziemlich unsanft zu und reißt Falk die Arme vom Wagen weg. Der Wagen schwankt, kippt, und zum zweiten Mal küsse ich unfreiwillig den Boden. Aber diesmal tut es richtig weh. Plötzlich ist Zocke da und hilft mir beim Aufstehen.

»Alles klar?«

Gar nichts ist klar. Ich bin unfähig, irgendwas zu sagen, versuche zu nicken und will fragen, was mit Falk ist. Zocke stützt mich und begleitet mich zur Cocktailbar, wo er mich auf einen Hocker verfrachtet. Irgendwie kapiere ich, dass ich nichts mehr trinken soll. Zocke stellt ein Wasser vor mich hin. Kurz darauf bringen sie auch Falk an. Ich höre Zocke schimpfen. »Jungs, ihr seid ziemlich uncool momentan.«

Falk kann noch sprechen, wenn auch nur unter Schwierigkeiten. Er sagt: »Zocke, die äußeren Umstände sind gegen uns.« Dann zieht er seine Schuhe aus und schmeißt sie hinter die Theke. Ich nutze das Überraschungsmoment, klaue mir den Longdrink, der neben mir steht und haue ab. Ich renne so gut ich kann ein paar Stufen hinunter, halte mich am Geländer fest und setzte mich auf den Boden. Verschnaufpause. Hier ist die Disco. Ich lutsche die Eiswürfel. Sie sind so kalt. Wie mein Herz. Durch den Strohhalm ziehe ich in kleinen Schüben die Flüssigkeit hoch, die ich nicht identifizieren kann, rülpse mehrmals, bis mir fast alles hoch kommt. Fehlt nicht mehr viel. Saufen, saufen, saufen. Ich bin am Ende. Ich bin verdammt noch mal am Ende mit meinem Latein. Ich weiß weder vor, noch zurück. Ich weiß nicht mehr, was ich machen soll. Ich sehe keinen Ausweg mehr. *Fuck you all.*

Ich stehe mühsam auf, torkle direkt auf eine der Boxen zu und schlage meinen Kopf im Takt der Musik dagegen. Wünschte, dass er platzte, wünschte, dass er explodierte, wünschte, dass er einfach nicht mehr da ist. Dann stürze ich mich auf die Tanzfläche. Ich BIN die Musik. Die Musik IST »ICH«. Versteht ihr das, ihr kleinkarierten Gemüsewichser? Ich tanze, tanze, tanze den Tanz debil. Es schüttelt mich, ich schüttle mich, spastiziere, verkrampfe, rhythmisiert, konformistisch. Zweiundzwanzigtausend Kilometer in der Sekunde.

Meine Arme und Beine fliegen von mir. Werfe sie weg, so weit ich kann. Es ist dieser Körper, den ich loswerden muss. Dieser ungewollte, aufgezwungene Körper. *Fuck you all.* Ich habe genug. Schnitt.

Zurück in der Wohnung. Eine Frau sitzt neben mir, spricht mit mir. Ihre Stimme ist weich und sanft. Jemand macht Handstandübungen an der Küchenwand und verschmiert dabei mit seinen verdreckten Schuhen die Tapete. Schnitt.

Ich kämpfe mit dem Schlafsack auf dem Boden. Schon wieder laute Musik. Schnitt.

Stunden später. Noch immer laute Musik. Jemand hatte den CD-Player auf Repeat gestellt, er lief die ganze Nacht über. Diese Platte werde ich nie wieder vergessen. Ich liege schräg zum Zimmer auf dem Boden, über mir ein Hochbett. Meine Socken fühlen sich versteinert hat. Die Eier tun mir weh. Das kommt davon, wenn man eine zu enge Unterhose zwei Tage am Stück anbehält. Ich bin total durchgeschwitzt. Gedämpftes Murmeln aus der Küche. *The day after, Teil III.* Beim Aufstehen merke ich, dass ich gestern Nacht anstelle des Reißverschlusses die Naht des Schlafsacks aufgerissen habe. Kein Wunder, dass der so schwer aufging. Irgendwo wird eine Zimmertür aufgerissen. Jemand rennt aufs Klo und kotzt.

»Kann ich ein bisschen von dem Gras haben? Für zu Hause, meine ich.« Falk sitzt mit den anderen am Küchentisch, die Alditüte auf dem Schoß.

»Klar, nimm so viel du willst.«

Ich setze mich wortlos an den Tisch. Die anderen sehen aus wie Leichen. Alle bewegen sich in Zeitlupe, schwerfällig, rauchen, nippen am Kaffee. Zocke schaut mich an:

»Du Kaffee?«

»Ich Kaffee!«

Er stellt eine Tasse vor mich hin, schenkt ein.

»Du Milch?«

»Ich Milch!«

Er wartet, bis ich zwei, drei Schluck genommen habe. Der Kaffee fühlt sich an wie Gift, war wahrscheinlich keine gute Idee, meinem Magen das anzutun, dann fragt er: »Und? Wie waren die Pillen? Bekömmlich?«

»Um ehrlich zu sein, ich weiß es nicht. Fest steht, dass ich jenseits von Gut und Böse war, aber welche Reaktion ich welcher Ursache zuordnen muss, kann ich beim besten Willen nicht mehr sagen.«

»Na gut, dann lass und noch eines abklären: Warst du derjenige, der heute Nacht die Kekse in den Videorekorder geschoben hat?«

»So was würde ich nie tun.«

»Mmh.«

Schweigen. Irgendjemand muss es gewesen sein. Tine kommt aus der Toilette in die Küche.

»Morgen. Das Klo ist verstopft.«

»Na prima, und der Sitzring ist auch zerbrochen.«

»Der Sitzring?«

»Stimmt, hab ich auch gesehen«, bestätigt Tine.

»Das geht auf Heikes Konto. Die ist auf der Toilette in Ohnmacht fallen und hat den Sitzring mit dem Kopf gespalten.«

»Ist was Schlimmeres passiert?«

»Nö, er ist halt kaputt.«

»Heikes Kopf?«

»Der sowieso.«

Schweigen. Ich habe nicht mal eine Ahnung, wer Heike ist – oder war. Obwohl ich ganz deutlich spüre, dass mir der Kaffee nicht bekommt, trinke ich ihn Schluck für Schluck.

»Sag mal, Falk, du warst gestern plötzlich weg. Wie hast du eigentlich nach Hause gefunden?«, frage ich.

»Ja, ab einem gewissen Zeitpunkt kam es mir so vor, als sei ich der Letzte auf dem Fest. Nachdem ich für längere Zeit kein bekanntes Gesicht mehr erkannt habe, hab ich mir ein Taxi angehalten.«

»Und dann stand er anderthalb Stunden vor verschlossener Türe, weil er der Erste war, der gegangen ist«, spottet Zocke.

»Und ich selbst«, will ich wissen, »wie bin ich nach Hause gekommen?«

»Nina hat dich von der Tanzfläche prügeln müssen. Du warst extrem penetrant und peinlich, wie du dich da auf dem Boden gewälzt hast.«

Manchmal ist es besser, man weiß von nichts.

»Mit dir habe ich auch noch was zu besprechen«, meint Zocke zu einem schmächtigen Typen, der schon jetzt rot wird.

»Du warst doch der Idiot, der die Hauptsicherung rausgedreht hat.«

»Kann sein.«

»Ich weiß es ganz genau, ich hab dich im Dunkeln an deinem dämlichen Lachen erkannt, nachdem du mir das Insektenspray ins Gesicht gesprüht hast. Das war nicht sehr lustig.«

»Ich war blau, ich erinnere ich an nichts mehr.«

»Fast hätte ich dir eine aufs Maul gehauen … aber das kann ich noch nachholen.«

»Oh, Mann, ich weiß von nichts mehr, ehrlich.«

Für einen Augenblick herrscht angespannte Ruhe, dann kommt ein knapp zwei Meter großer Typ mit einer angeknickten Zigarette im Mundwinkel in die Küche.

»Morgen. Hat jemand mein Feuerzeug gesehen?«

»Hier.« Falk gibt ihm Feuer.

»Danke.«

Er inhaliert begierig, lehnt sich an die Kante des Spülbeckens. »Weiß jemand, warum mein Bettenrost durchgebrochen ist?«

»Ja!«

Tinc grinst ihn an.

»Und? Sagst du es mir?«

»Klar, wir sind zu zweit reingesprungen.«

Er stöhnt auf.

Am Abend, als Falk und ich während der Heimfahrt auf Zockes Rücksitz hängen, kramt Falk einen zerknüllten Zettel aus seiner Hosentasche. Er faltet ihn auseinander und hält ihn mir unter die Nase. Darauf steht ein Frauenname und eine Telefonnummer.

»Wer war Birgit?«, fragt er mich.

»Ich weiß es nicht, Falk. Ich weiß es nicht.«

Glaube, Liebe, Hoffnung

Ich bin gerade dabei, mir die Fußnägel zu schneiden, als es an meiner Kellertüre klingelt. Überrascht, wer das wohl sein kann, ziehe ich eine Augenbraue nach oben. Barfuß, mit der Schere in der Hand, öffne ich. Zwei in die Jahre gekommene Frauen stehen da mit gütigem Gesichtsausdruck und einer obskuren Mischung aus bunten Heftchen in ihren Armen. Eine der beiden holt Luft und setzt zum Sprechen an.

»Mir geht's gut, und das soll auch so bleiben«, sage ich und knalle die Tür zu. Das sind die Zeugen Jehovas oder ein ähnlicher Verein, das sieht man auf den ersten Blick. Wieder im Zimmer, fallen mir die Haschplätzchen ein, die ich als eisernen Vorrat mitten im Bücherregal deponiert habe. Ich ziehe die Keksdose hervor, gehe mit ihr zur Tür und erwische die beiden noch beim geräuschvollen Erklimmen der Treppe.

»Nichts für ungut, die Damen, aber Zeit habe ich keine.«

Sie bedanken sich, drücken mir trotz allem eine Broschüre in die Hand. Ich lächle ihnen hinterher, die Erleuchtung wird kommen, ganz bestimmt.

Wer sagte doch gleich: Hoffnung ist die subtilste Art von Folter? Na, Jungs und Mädels, wie wäre das, an einen Gott zu glauben? Was ist das für ein Gefühl zu wissen, dass man einer Religion angehört, von deren Grundsätzen man überzeugt ist und in der man vertrauen kann? Gibt es überhaupt Menschen, die wirklich glauben können? Nicht nur

Leute, denen der Glaube anerzogen wurde? Man gewöhnt sich schließlich an alles. Und wie viele gibt es denn, die ganz offensichtlich an ihrer Gewohnheit kleben? An ihren öffentlichen Institutionen mit ihren keimfreien Organisationen? Deren Dogmen, ihre Vertreter, ihre Anhänger, ihre Grundsätze, ihre Wirkungslosigkeit, Ereignislosigkeit, Leblosigkeit interessieren mich nicht. Ich will keine Sekte, keine Künstlichkeit, keine Bewegung, die mir Befriedigung meiner Bedürfnisse verspricht, mir schmeichelt mit ihrer Wahrheit, sie mir ins Gesicht schmiert und meine Eitelkeit schürt. Ich brauche keine Bewusstseinserweiterung, keine Endzeitstimulierung, keine Seelenwanderung, keinen Trend, dem ich hinterher rennen darf, keinen Gedanken an Bevorzugung oder Auserwähltsein. Ich brauche keine Deutung meiner Handlinien, kein Horoskop, um mir plötzlich alles erklären zu können. Ich will kein neues Zeitalter der Hexen und Magier mit ihrem Firlefanz an Spiegeln, Kristallen und Duftwässerchen, Pendelchen und Tarotkarten. Ich brauche eine Kristallkugel ebenso wenig wie eine Wünschelrute. Ich brauche keinen Atheismus mit verkrampfter Beweislogik, scheinheiliger Natürlichkeit, selbstloser Selbstverständlichkeit und dem ewigen Bedürfnis, sich rechtfertigen zu müssen. Ich will keine Philosophie, Selbstdefinition, Abstraktion, Absurditätserklärung der Daseinsform. Ich will keine Theorien und keine Systeme, keine Spekulationen und keine Hypothesen. Ich will keine Erklärungen mehr von Schlammschlabberlaberfressen, deren Gehirnmasse an der Universität kaputtgeschissen worden ist und die ein Diplom dafür vorweisen können. Ich will keine Wissenschaft, die beständig fortschreitet und alles breiter, schöner, besser, bunter macht. Die vorgibt, Leben lebenswerter zu machen, Natur natürlicher, Echtes echter,

Menschliches menschlicher. Ich brauche keine Politik, die im Eintopf der Geschichte rührt. Kein rechts, kein links, kein liberales Mittelfeld der Mittelmäßigkeit. Ich brauche keine Anarchie als letztes Protestmittel, keinen Terrorismus, der mich vom »gegen« zum »für« und zurück im Kreis drehen lässt wie in einem Kinderkarussell. Ich will keine Lebensversicherung, keine Glücksdroge, keinen Sadomasochismus, keine Selbsthilfetherapie, kein Haustier, keine Vergangenheitsbewältigung und keine Zukunftsneurose. Ich will, dass mich die gesamte Welt am Arsch leckt und in Ruhe lässt. DAS IST, WAS ICH WILL.

Ein Blick auf die Uhr sagt mir, dass die scheiß Batterie schon wieder leer ist. Diese Werbegeschenke sind zum kotzen, man sollte sie erst gar nicht annehmen. Mit einem Aufschrei werfe ich die Uhr an die Wand, hebe sie auf und sehe nach, ob sich etwas getan hat. Nein. Ich werfe sie gegen den Schrank, was augenscheinlich seine Macken im Holz hinterlässt. Der Schrank gehört mir nicht, muss ich mir eben später etwas einfallen lassen. Aber die Zeiger der Uhr laufen wieder. Na also. Es waren doch nicht die Batterien. Ich bin mit Falk verabredet. Wir wollen eine größere Menge Gras einkaufen gehen. Eigenbedarf, wie es so schön heißt. Wir treffen uns direkt an der Tankstelle. Für diesen Abend steht gepflegtes Kiffen an. Das ist zumindest Marcos Formulierung, so der Name des Kollegen, bei dem wir hin und wieder unsere Bestellungen aufgeben. Ich mag ihn nicht besonders. Kurz vor Ende der Mittagsschicht treffe ich ein. Da sitzt er auf dem Stehhocker, schiebt seine Schildmütze, die er neuerdings trägt, ein Stück in den Nacken und knackt eine Dose Jim Beam. Einen Fuß hat er auf dem Boden, einen auf dem Mülleimer unter der Kassentheke. Als er mich durch die automatische Schiebetüre eintreten sieht, prostet er mir zu. »Auf einen gediegenen Abend!«

Ich ringe mir ein Grinsen ab. Von solchen Abenden zu viel zu erwarten ist immer ein Fehler. Am besten, man erwartet überhaupt nichts. »Gediegen« ist auch so ein typisches Marcowort. Wir haben schon öfters bei ihm geraucht, und besonders toll war das nie. Der einzige Grund, weshalb man trotzdem immer wieder hingeht, ist der, dass man die Dopeverbindung nicht abreißen lassen will. Ich habe keineswegs vor, den ganzen Abend bei ihm zu verbringen, ja, zu verschwenden, dafür ist mir meine Lebenszeit zu kostbar. Lieber langweile ich mich zu Hause und zähle meine Sackhaare. Im Gegensatz zu seiner sonstigen Art hat er noch nie ein Wort über seine Quelle verlauten lassen, nicht einmal eine Telefonnummer wollte er herausrücken. Soviel sei zugegeben, die Qualität stimmt mehr als versöhnlich. Als sich in der Tankstelle gerade kein Kunde aufhält, zieht er ein kleines Päckchen aus seiner Hosentasche und fuchtelt mir damit vor der Nase herum.

»Riech mal!«

Ich weiß genau, jetzt will er hören, wie stark es riecht, als gebe ich mich beeindruckt.

»Wow, super, Marco, mächtig.«

Er behandelt das Gras als Statussymbol, identifiziert sich damit. Er schätzt das Gras nicht als solches, als ein Genussmittel, sondern er braucht den Handel für sein Selbstwertgefühl. So wie er für jede Art von Inhalt unempfänglich ist und sich ewig an der äußeren Erscheinung aufhält. Er ist wie ein Kind, das auf eine schöne Schachtel stolz ist, ohne sich je zu fragen, ob man sie auch öffnen kann. Vielleicht ist ja sogar etwas drin. Wenn sein soziales Umfeld auf verschimmelte Tannenzapfen abfahren würde, dann würde er auch mit verschimmelten Tannenzapfen handeln.

»Frisch aus Rapunzels Kräutergarten. Wir haben auf jeden Fall mehr da, als wir verbraten können. Beste Voraussetzungen also für einen guten Abend.«

»Mmhmm«

Kurz darauf kommt auch Falk eingelaufen. Wir immer zieht er erstmal die Nase und die Augenbrauen hoch, bevor er einen Ton sagt: »Hey!« Er nimmt sich ein Tuborg aus dem Kühlregal und stellt sich zu uns hinter die Theke. »Wie sieht denn das hier aus? Die Kühlregale sind ja total leer und lieblos vernachlässigt. Wird hier nie was nachgefüllt?« Dann fingert er seine blauen Gauloises aus der Lederjacke und bietet mir eine an. Ich lehne dankend ab. Natürlich muss auch er Marcos Riechprobe machen.

»Und wonach riecht das?«

»Nach frisch gemähtem Gras natürlich.«

Marco macht den Laden pünktlich dicht. Wir decken uns mit Jim Beam, Cola, Dosenbier verschiedener Marken und Salzstangen ein. Natürlich unbezahlt. Laut Marco, der schon ziemlich lange hier arbeitet, wird das nie ein Problem werden. Man darf auf die Inventur gespannt sein, denn so viel Ladendiebstahl kann man niemandem in die Schuhe schieben.

In Marcos BMW fahren wir die vierhundert Meter zum Haus seiner Eltern, die wie jedes Wochenende mit ihrem privaten Segelschiff in der Weltgeschichte umhersegeln. Am Eingang ziehen wir die Schuhe aus, weil in diesem Haus alles weiß gekachelt und gestrichen ist, und dabei sind kaum Teppiche ausgelegt. Eine sehr unpraktische Sache. Marco verschwindet in der Küche, und wir steigen die Stufen zum ersten Stock hoch. Diese Treppe ist bemerkenswert. Es ist eine freischwebende Treppe ohne Geländer, die von der Mitte des Wohnzimmers direkt nach oben führt.

In Marcos Zimmer stehen jede Menge CDs, Videos, ein Fernseher und der exklusive Stereoturm dicht beieinander. Ein großer Computer beansprucht seinen Platz auf dem großem Schreibtisch. Ein Rudergerät, eine Hantel und andere Sportgeräte lehnen in der Ecke. Der Rest des Zimmers wird von einem Schrank und einer Sitzgarnitur ausgefüllt, die auch als Bett dient. Dieser junge Mann hat alles, was man braucht, sogar weit mehr als das. Gleichzeitig mangelt es ihm, wie den meisten in vergleichbaren Situationen, an Wertschätzung und Bewußtsein hierüber. Er könnte auch in einer aufgeweichten Schuhschachtel wohnen, das würde seiner eigentlichen Lebensqualität keinen Abbruch tun. Er ist wie eine große, gehirnamputierte Versuchsratte in einem diamantbesetzen Goldkäfig. Er ist der Typ, der mit der Kippe im Mund und dem Walkman auf den Ohren ein Nachrichtenmagazin liest. Was bedeutet, dass er weder geraucht, noch gelesen, noch Musik gehört hat. Er ist der Typ, der den Fernseher anmacht, sobald er nach Hause kommt, um sich dann mit einem Comic in der Hand zum Abendessen zu setzen. Wenn er den Geschmack einer Zigarette wirklich zu würdigen wüßte, dann würde er sie mit voller Aufmerksamkeit rauchen, ohne das Bedürfnis, nebenbei noch einer anderen Beschäftigung nachzugehen. Wenn er die Musik wirklich schätzen würde, dann müsste er sich zwischen seinen Boxen platzieren oder den Kopfhörer aufsetzen. Dabei hat er gute Boxen, die sicherlich ihr Geld wert sind, wenn auch nicht für ihn. Für ihn hätten auch Blechbüchsen ausgereicht. Aber spricht man die Menschen darauf an, wehren sie sich dagegen, dementieren und fangen zu argumentieren an. Weil ein Mindestmaß an Luxus inzwischen einfach zum Standard gehört, auch wenn man ihn weder braucht, noch damit umgehen kann. Und wenn er den Zeitschriftenartikel wirklich kapieren wollte, bräuchte er einfach nur zu lesen, sonst nichts. Die Dinge aus sich selbst heraus sein lassen, was sie sind. Aber es wird einem viel zu leicht gemacht, weil es an allen Ecken und Enden an Qualität fehlt. Die Zigaretten schmecken ja überhaupt nicht wirklich. Es geht gar nicht um den Geschmack, der künstlich hineinparfümiert wird. Es geht darum, etwas in der Hand zu halten und sich über die entsprechende Marke und deren Werbung zu definieren. Und die sogenannte Musik, die gehört wird, ist im Grunde nur wiedergekauter Tonmüll, der zum Weghören auffordert. Hauptsache, man hat sie gekauft. Und der Stil, in dem die Zeitschriften vorgeben, Informationen zu vermitteln, ist viel zu oberflächlich und zu populistisch. Schließlich soll die Auflagenhöhe maximiert werden, damit sie vom Kleinkind zum Opa alle lesen können. Alles ist unecht, gefälscht und missbraucht. Vielleicht bin ich auch bloß der letzte Cowboy in der Großstadt, das vergessene Kleinkind im Kaufhaus. Besser, ich halte die Klappe, denn ich habe keine Antworten, nur Fragen. Und auch ich spüre hin und wieder die Angst vor der Isolation, wenn man sich der sogenannten Welt verweigert. Angst vor diesem unbarmherzigen Strudel, der einen zum geifernden Konsumenten degradiert. Auch ich bin bloß ein Hund an der Leine, der mit dem Schwanz wedelt, wenn sein Fressnapf aufgefüllt wird. Ein ekelerregendes Dahinvegetieren.

»Wann willst du gehen?«, frage ich Falk, der am Boden sitzt und die audiophilen Silberscheiben durchblättert.

»Weiß nicht recht. Bis jetzt hab ich nichts anderes vor. Ich nehme hier mit, was geht.«

Zwei CDs hat er sich dabei schon zur Seite gelegt. Wir hören Marcos Schritte auf der Treppe und setzen unsere Gute-Laune-Gesichter wieder auf. In den Händen hält er drei große Gläser Whisky-Cola, in denen sich Eiswürfel und ein Strohhalm befinden.

»Wie kommst du denn da drauf?« Falk zeigt auf die beiden CDs.

»Die sind beide gut in der ›HiFi Visions‹ besprochen worden, mit acht Ohren für herausragende Klangqualität. Leg mal ein.«

Wir hören uns über zwei Elektrostaten und Netzfilter ein Stück zeitgenössische Soundphilosophie an. Viel Bässe, viel Höhen, jede Menge Piepsen und Fiepsen, Furzen und Gurgeln. Ram ta, ram ta. Wuchtiger Geräuschpegel, klinisch tot produziert, Retortenmusik von Leichenfledderern, die sich an vergangenen Jahrzehnten vergehen, den Sechzigern und Siebzigern, aber nichts überzeugendes Eigenes zustande bringen, außer den Trend des Tages, locker aufgemischt, schrill dekoriert, sahnig serviert – Mahlzeit.

Wir schlürfen Whisky-Cola. Marco dreht auf Zimmerlautstärke herunter.

»Exzellent, oder?« Erwartungsvoll schaut er in die Runde.

»Guter Klang. Wirklich.«

»Woher kommt die Band denn?«

»Das ist keine Band, das ist ein Typ, der macht alles alleine auf dem Computer. Er kommt aus England, glaube ich.«

»Was sind eigentlich das hier für Scheiben?«, fragt Falk. »Seit wann hörst du denn Klassik?«

»Weißt du, ich interessiere mich für alle Arten von Musik. Klassik gehört mit zur Allgemeinbildung, da sollte man sich schon ein wenig auskennen.«

»Wieso?«

»Na, ich will einen Überblick haben. Das ist Gesprächsstoff, den man sich leicht aneignen kann.«

»Du könntest einfach dazu stehen, dass dir Klassik nicht gefällt.«

»Sag mal«, werfe ich ein, »wie ich sehe, hast du pro Werk nur eine Einspielung. Wie willst du denn einen Überblick, einen Geschmack für ein Werk bekommen, wenn du nicht verschiedene Dirigenten, Orchester und Interpreten miteinander vergleichst?«

Marco konzentriert sich auf das Drehen der Tüte. Wir dunklen das Licht ab und rauchen. Nach drei hastigen Zügen springt er auch schon wieder auf.

»Atmosphäre will geschaffen sein.«

Nein, oh nein, bitte nicht. Dieser Vollidiot besitzt die unglaubliche Geschmacklosigkeit, jedes Mal, wenn er an einer kleinen Tüte zieht, Velvet Undergrounds »Heroin« laufen zu lassen, oder »The End« von den Doors. Das ist an Unverständnis und Oberflächlichkeit nicht mehr zu überbieten.

Falk atmet durch.

»Whisky-Cola ist ja ganz nett, aber wie wäre es mit Rotwein? Hast du nicht zufällig Rotwein irgendwo versteckt? In eurem Keller stapelt sich doch bestimmt ein feiner Tropfen auf dem anderen.«

Zuerst scheint Marco keine Notiz davon genommen zu haben, scheint beleidigt, aber dann geht er wortlos aus dem Zimmer. Er will ein guter Gastgeber sein, in diesem Punkt will er sich nichts nachsagen lassen. Wahrscheinlich träumt er davon, wie sich andere über die sagenhaften Abende bei ihm unterhalten. Der Rotwein kommt prompt, und wir stoßen an. Genussvolles Schlürfen an der rötlichen Flüssigkeit, die schon so viele Huldigungen erfahren hat.

Wir sind schon wieder auf dem besten Wege, uns über den Jordan zu schießen, wir gehen zügigen Schrittes auf eine Grenze zu.

»Könnten wir bitte das Geschäftliche hinter uns bringen, bevor wir vielleicht nicht mehr in der Lage dazu sind?«

Der Vorschlag wird akzeptiert, wir stecken unsere Beutel ein, lassen dafür ein paar Geldscheine liegen. So ist es immer noch besser, als auf die Straße angewiesen zu sein, auf den schnellen Austausch, während man neben einem Typen herläuft, der nur Geld im Kopf hat, und man dafür dann Metallsplitter oder Sägespäne mitraucht.

Wir drehen für jeden noch einen und köpfen die nächste Flasche Wein, die bodenlose Entspannung nimmt ihren Lauf. Marco sitzt vor seiner Stereoanlage und wechselt nach jedem Song die CD, Falk sitzt vor dem Sofa, rutscht langsam nach unten weg, mein Rücken lehnt gegen den Schrank.

»Hey, ich wollte euch noch etwas zeigen. Meine neueste Errungenschaft.«

Marco kriecht auf allen Vieren über den Boden, unter den Schreibtisch, der wohl irgendwo ein Geheimfach haben muss. Aber vielleicht bilde ich mir das auch nur ein. Tatsache ist jedenfalls, dass Marco mit einem Lederetui wieder unter dem Tisch hervorkommt. Er schiebt es in die Mitte des Zimmers und öffnet die Klappverschlüsse. Als er den Deckel hochklappt, traue ich meinen Augen nicht. Eingebettet in dunkelrotem Samt liegt ein schwarzer Revolver, auf dessen glatter, harter Oberfläche sich das spärliche Licht des Raumes spiegelt. Ich bin mir nicht sicher, inwieweit Falk mitbekommt, was uns der gute Marco hier unter die Nase hält. Mit geschlossenen Augen hängt er schräg am Sofa. »Du bist ja wohl total durchgeknallt. Was willst du denn mit dem Ding?«

Marco schaut mit eigentümlichem Blick auf die Waffe.

»Ich ... ich weiß nicht richtig. Es fasziniert mich irgendwie. Außerdem ...«, und hier klingt seine Stimme schon weitaus überzeugter, »bei all dem Gesocks, das da draußen herumläuft, ist es doch wohl besser, man kann sich im Zweifelsfall zur Wehr setzen.«

Der Satz kommt unvermittelt, ist bei Kenntnis der Familiengeschichte aber nur die folgerichtige Konsequenz.

»Weißt du denn überhaupt, wie man damit umgehen muss?«

»Klar, Mann. Hab sie neulich im Wald ausprobiert.«

Stolz erklärt er mir die einzelnen Schritte, um den Revolver funktionsfähig zu machen. Ich versuche, meine Fassungslosigkeit zu verbergen. Das hier ist ein schönes Spielzeug in der Hand eine kleinen Kindes. Klar und ohne Zweifel verstehe ich den Wink des Schicksals. Hinter meiner Stirn herrscht eisige Kälte, ruhig und bedacht, während mein Herz pumpt und mein Magen sonderbare Signale sendet. Ich darf mir nichts anmerken lassen.

»Baust du uns noch was?«

»Klar.«

Marco steckt das Etui zurück an seinen Platz und dreht den nächsten Joint.

»Wollt ihr ein bisschen http.www.de?«

»Nö.«

Soll ich eine Diskussion heraufbeschworen? Soll ich? Soll ich?

»Weißt du, ich glaube, das Internet wird bald wieder abgeschafft. Das ist doch bloß die größte Müllhalde der Welt.«

Ich lehne mich zurück und blicke Falk an. Seine Augen sind stark gerötet und schlitzartig verengt. Wir schauen

Marco an und sehen einen jungen, verzweifelten Mann. Einen konservativen Erstwähler, der alles von seinen Eltern übernommen hat. Ich sehe sein verschrobenes Gesicht, wie sich der Mund öffnet und schließt. Bla bla bla bla bla. Die Zunge schiebt sich wie bei einem Ochsen im Maul hin und her. Die Zähne gebleckt, redet er sich die Fresse fusselig, um uns von der Wichtigkeit des Internet zu überzeugen, mit all seinen Vorteilen. Seine Wangen sind gerötet, seine Ohren erscheinen mir plötzlich überdimensional, und ich frage mich, wie viel Volumen an Schmalz wohl hineinpassen mag. Seine Hände fuchteln in der Luft herum, unruhig schiebt er seine Arschbacken über den Teppich, während er mit großen Gesten die Welt und ihre Zusammenhänge erklärt. Falk öffnet die Augen.

»Marco?«

Er hört nichts, sieht nichts, hat sich in Rage geredet.

»Marco? Ich glaube, ich muss mich übergeben.«

Keine sichtliche Reaktion.

»… Zukunft der Menschheit in neuen Dimensionen …«

»Marco, ICH MUSS KOTZEN!«

»Was?« Marco hält erstaunt inne.

Aber Falk hat sich schon aufgerappelt und ist aufs Klo getaumelt. Interessant, dieses Geräusch, wenn der Mageninhalt auf gebranntes Porzellan klatscht und der Deliquent hörbar nach Luft röchelt. Wie mich all das anwidert, dieser ganze Abend. Sich mit Menschen wie Marco abgeben zu müssen, nimmt dem Leben den restlichen Glanz, allen Zauber. Solche Menschen in seiner Umgebung ertragen zu müssen, birgt nur den Geschmack von übelster Verstümmelung mit sich. Menschen wie er verstümmeln die Wahrhaftigkeit.

»Komm, wir rauchen noch was«, schlage ich vor.

»Ich geh lieber mal nach Falk schauen«, sagt Marco und steht auf. Oh ja, geh nur, denn was dich treibt ist nicht die Sorge um Falk, sondern die Angst, dass Mami und Papi vielleicht entdecken könnten, was der Sohnemann am Wochenende so treibt. Ich kenne Falk lang genug. Wir haben uns schon unzählige Male nach einem schönen Abend zusammen übergeben und es noch immer überlebt. Kaum hat Marco den Raum verlassen, hechte ich unter den Schreibtisch, taste mich wie ein Maulwurf am Holz entlang, bis ich eine leichte Abstufung fühlen kann. Mit ein wenig Gefühl und Druck öffnet sich ein kleiner Hohlraum. Meine Finger umklammern das Leder. Dieses Ding gehört mir. Mir. MIR. Mir ganz allein.

Draußen ertönt die Klospülung bereits zum dritten Mal, Falk hustet, der Wasserhahn läuft volles Rohr. Kurz darauf kommen die beiden wieder rein.

»Uargh. So was ist mir schon lange nicht mehr passiert«, röchelt Falk.

»Vielleicht hätte ich den Tag über doch etwas mehr essen sollen.«

»Wir haben noch Mineralwasser im Keller«, mein Marco und entschwindet.

»Geht's wieder?«, frage ich,

»Halb so wild. Ehrlich, aber ich bin dafür, daß wir so bald wie möglich gehen.«

»Einverstanden. Marco fährt ohnehin wieder volles Programm.«

Wir rauchen noch zwei Tüten und verabschieden uns dann. Beim Hinausgehen befühlt meine Hand die Jackentasche.

Dieses Ding gehört mir.

Schlaflos

Die Luft steht im Raum, obwohl ein Fenster weit geöffnet ist. Als ob man hier nicht atmen könnte. Die Zeit kriecht vorwärts, auf allen Vieren schleppt sie sich voran, langsam, noch langsamer, bis kurz vor dem Stillstand, der aber niemals eintritt. Es ist mitten in der Nacht. Ich liege auf meinem Bett. Mein Körper weiß nicht, was er tun soll, ich weiß nicht, welche Funktionen er aufrecht erhalten soll und welche vernachlässigen, damit eine Regeneration einsetzen kann. Ich fühle mich wie eine Maschine, die man nicht richtig ausschalten kann. Es ist ein zerbrechliches Dasein. Ich kann nicht schlafen, ich möchte so gern, aber es geht nicht. Ich halte die Augen geöffnet, das Blinzeln fällt mir schwer. Ich lasse den Blick wandern, langsam, bedächtig. Manchmal deprimiert mich die Kargheit meines Zimmers. Ich sage mir immer wieder, dass es sich nur um einen Tisch handelt, einen Stuhl oder einen Schrank. Das alles sind nur Gebrauchsgegenstände, und früher oder später gehen sie sowieso kaputt, die Zeit wird auch an ihnen ihre Spuren hinterlassen. Aber das sind nur Sprüche, die ich mir vorsage, weil ich keine andere Wahl habe. Manchmal kotzt es mich an, wie alles um mich herum verkommen und heruntergekommen aussieht. Das sind die Momente, in denen ich mich nicht aus meiner Umwelt lösen kann. Meinen Kühlschrank habe ich gebraucht über eine Haushaltsauflösung bekommen. Die Sohlen meiner Schuhe sind so gut wie abgelaufen. Meine Klamotten haben Risse, Löcher, die Farben sind ausgewaschen und verblichen. Die Stereoanlage ist ziemlich verkratzt, einzelne Schalter fehlen oder klemmen. So verendet der einstige Ansporn eines dreizehnjährigen Zeitungsausträgers. Mein Bett erinnert an ein Feldlazarett, die allgemeine Feuchtigkeit in diesem Drecksloch von Keller verstärkt diesen Eindruck nur noch. Der Teppich bedeckt die kalten Fliesen nur spärlich, als ob das Geld mitten im Verlegen ausgegangen sei. Nichts in diesem Raum zeugt von Stil oder wenigstens einer Ahnung von Geschmack. Alles ist wild zusammengeschustert, aus verschiedenen Dekaden deutscher Nachkriegsjahre. Die Gardinen passen nicht zu den Tapeten, die Tapeten nicht zu dem Teppichrest und der Steinboden mit seinem Braunton passt zu gar nichts und lässt alles verrostet und noch dreckiger erscheinen, als es ohnehin schon ist. Das Waschbecken ist von furchtbarem, gelblichem Weiß, die Armaturen sind verkalkt und undicht. Bei jedem Aufdrehen dauert es einige Zeit, bis das Wasser seine natürliche Klarheit wiedergewinnt. Die Türe schließt nicht richtig, die Farbe splittert hier und da. Das Schloss klemmt, die Fenster klemmen, in den Steckdosen klebt verstaubter Schmutz, der sich mit nichts mehr entfernen lässt. Ich habe zuweilen den Eindruck, dass alles um mich herum meinen inneren Zustand widerspiegelt. Dann sage ich mir, das ist Unsinn, ich habe schlichtweg nicht das Geld, mir alles so einzurichten, wie es meinen Vorstellungen entspricht, das ist nur vorübergehend. Irgendwann wird der Zeitpunkt schon kommen, an dem ich eine richtige, große Wohnung beziehen werde. Ich kann auch hier in dieser Bruchbude versuchen, mich schrittweise zu verbessern. Mich ganz langsam vorantasten, hier etwas putzen, dort etwas kleben, hier etwas neu anstreichen, dort etwas ausbessern.

Aber über allem lastet der Gestank von Moder und Fäulnis. Bei solchen Dingen fehlt mir Ausdauer und Kraft. Ich sitze auf meiner Bettkante, und die Decke bricht über mir zusammen. Phantasien beflügeln mich: Der Dreck kommt in einer großen Woge durch den Keller gerollt und spült mich mit. Mich und dieses ganze verfluchte Loch. In einer riesigen Welle erfasst er mich, reißt mich durch die Straßen bis hin zu einem überdimensionalen Abfluss, hinein in eine Kanalisation von unschätzbaren Ausmaßen. Häuser, Autos, ganze Städte mit ihren Einwohnern zieht es hinunter in die schwarze, stinkende Tiefe. Irgendjemand hat die Spülung betätigt, und plötzlich ist Ruhe. Aber es hilft nichts. Ich sitze auf meiner Bettkante und der Dreck bleibt. Ich kann es an mir selbst beobachten wie sich mein Standpunkt verändert. Auf einmal bin nicht mehr ich es, der auf seine Umwelt Einfluss ausübt, sondern meine Umgebung hat das Ruder in die Hand genommen und knüppelt mich mit niederschlagenden Eindrücken in die Ecke. Die Dinge um mich herum wirken auf mich ein, und ich kann mich nicht mehr wehren, kann mich nicht entziehen, bin das passive Opfer ihrer Waffen. Und langsam bröselt und bröckelt es in mir. Ich bin voller Macken und Risse. Ich bin verschmutzt, staubig und schmierig. Ich bin farblos ausgeblichen. Ich bin zusammengewürfelt aus Bausteinen, die nicht zueinander passen. Bei mir sind die Schrauben locker, bei mir knirscht, quietscht und tropft es. Ich bin es, der nach Moder und Feuchtigkeit stinkt. Ich bin der Reparaturbedürftige, ich schreie nach neuen Ersatzteilen, ich schreie nach einer universalen Dusche. Ich will alles neu. Ich will alles noch einmal von vorne beginnen dürfen, ich will eine Wahl haben. Aber ich sitze in diesem Zimmer und vertraue darauf, dass solche Stimmungen vorübergehen.

Ich rufe mir in Erinnerung, dass ich es bin, der die Dinge ändern kann, dass ich nicht hilflos ausgeliefert bin, auch wenn es momentan anders aussieht. Auch wenn ich selbst momentan nicht daran glauben kann, weil ich mich selbst verloren habe. Es sieht so aus, als seien dieses Zimmer und der Rest der Welt gegen mich. Diese Stimmung wird vorübergehen, sie wird vorübergehen. Ich stehe auf und schiebe eine CD in den Player.

Denken, Durchdenken, Nachdenken. Nachdenken über die alten Fragen, diese alten Fragen, die immer wieder aufkommen, hochkommen wie Magensäure, die sich brennend über den Rachen ergießt und ausgespuckt sein will. Fragen, Scheißfragen, die sich immer nur stellen lassen, aber nicht beantworten. Worte, nichts als Worte, Formulierungen, Umkreisungen, so arbeitet dieser Verstand, der uns manipuliert und die Herrschaft an sich gerissen hat. Denken, Nachdenken, bis der Kopf schmerzt, der Schmerz die Gedanken tilgt, die Worte zum Stillstand bringt und den Verstand versagen lässt. Stillstand. Einfach nur daliegen in der Dunkelheit. Ein kleines bisschen Angst steckt noch immer in meinen Knochen. So einfach kann man sich das nicht machen, denke ich mir, um es sehnsüchtig zu verwerfen, wie ich schon so vieles verworfen habe, was sich mir in den Weg gestellt hat. Verworfen, aber nicht beantwortet. Nicht wirklich beantwortet. Es gibt Dinge, die, einmal erkannt, eine wirkliche Auseinandersetzung erfordern, geradezu erzwingen. Aber ich scheue mich, wie so viele sich davor scheuen. Ich stelle mich selbst wieder hinten an und wenn die Reihe erneut an mir ist, sage ich: Nein. Das hat Zeit. Vielleicht täusche ich mich. Warten wir noch ein bisschen ab. Mal sehen, was passieren wird. Aber es passiert natürlich nichts. Eine Ablenkung folgt der nächsten, was wie ein Fortschritt aussieht ist nichts weiter als eine Drehung im Kreis. Die Qualität meines Standpunkts wird sich so lange nicht ändern, bis ich mich den einmal erkannten Tatsachen stelle und die Auseinandersetzung mir einen Ruck verpasst. Mich woanders hin trägt, an einen Ort, der mir zuvor unbekannt war und den nur diejenigen kennen, die den gleichen Weg gegangen sind. Wann immer ich über mein Leben nachdenke, kann ich nur eines mit Bestimmtheit sagen: Ich weiß, dass ich nicht weiß. Aber das Verständnis für diesen Satz kommt und verlässt mich, wie es ihm gefällt. Das bedeutet keineswegs, dass ich es mir in dieser Haltung bequem mache oder mich damit abfinde. Diese Feststellung ist einfach nur eine Konsequenz von durchwachten Nächten, in denen man eine Bierflasche nach der anderen öffnet und versucht, sein Alter zu rechtfertigen. Ich überlege mir dann, wie ich es überhaupt geschafft habe, so alt zu werden. All diese Jahre, womit habe ich sie verbracht? Diese verlebte Zeit, wo ist sie hin? Denn diese Jahre sind auch dann unwiederbringlich vergangen, wenn ich aufgrund irgendwelcher Umstände mein Gedächtnis und meine sogenannte Individualität verlieren würde. Interessant überhaupt, dass sich Identität scheinbar aus Vergangenheit definiert, und nicht aus Zukunft. Woher nehme ich die Zutaten für mein Selbstbildnis, wenn nicht aus der Erinnerung? Ich weiß, dass ich nichts weiß, bedeutet ganz konkret: Ich weiß nicht, was ich will. Ich weiß mit meinem Leben nichts anzufangen. Ich fühle mich überflüssig. Gleichzeitig frage ich mich allen Ernstes, ob man überhaupt wissen kann, was man will. Schließlich geht alles seinen Weg, ich brauche gar nichts dafür oder dagegen zu tun. Die Frage, was ich will, tauchte immer nur in Zeiten der Unzufriedenheit auf, in einst seltenen Momenten.

Diese Zerrissenheit in mir, diese Entscheidungsunfähigkeit, diese allumfassende Unverbindlichkeit. Wenn ich mich in einer Phase des Rauschs befinde, interessiert mich das alles nicht. Wenn der Rausch eine wählbare Form der Wirklichkeit ist, wozu dann wissen müssen, was man will? Warum gibt es Momente, wo mich dieses Bestimmungsbedürfnis interessiert, und weshalb folgen darauf Wochen und Monate, in denen ich nicht einmal daran denke? Ist diese Nachdenkerei nicht viel eher wie eine leichte Erkältung? Man bekommt sie immer wieder mal, aber sie vergeht ebenso rasch ohne nennenswerte Folgen. Oh, ich kann mich sehr gut an den kleinen Dingen des Lebens erfreuen. Es gibt so viele Kleinode, die mich milde stimmen, die mich ruhig stellen. Ich bilde mir zum Beispiel ein, dass es sich lohnt, am Leben zu sein. Nur um mich hin und wieder in eine Situation hineinzumanövrieren, in der man ganz alleine in seinem Zimmer sitzt und eine Bierdose leer trinkt oder Musik hört. Oder man sitzt in einer lauen Sommernacht auf einer Parkbank und sitzt einfach da, hört auf das Rauschen der Bäume und kann einfach keinen Grund finden, aufzustehen und wegzugehen. Das sind wunderbare Momente, für die es sich zu leben lohnt. Wenn ich einen solchen Augenblick erwische, dann ist es wie eine eigenartige Verknüpfung von einzigartigen Momentaufnahmen. Mir ist, als ob man die vielen belanglosen Tage durchzustehen hat, so viele Nichtigkeiten hinter sich zu bringen hat, nur um sich in einer Momentaufnahme wiederzufinden, an deren Existenz man nicht mehr geglaubt hat. Sie sind wie die Glieder einer unsichtbaren Kette, die unterirdisch verläuft, die mich auf meiner Bahn hält, ohne dass ich davon weiß. Und im Rückblick erkenne ich das Muster, dem ich gefolgt bin, und die Erinnerung hat all die Banalitäten einfach gelöscht. Übrig bleiben zwischen Dunkelheit und Abgrund nur die Momentaufnahmen. Jeder hechelt der Befriedigung seiner Bedürfnisse hinterher, ohne Zufriedenheit zu finden. Das ist eine Art von Ignoranz.

Plötzlich ist die Musik aus, und die Stille ist unerträglich. In einer schlaflosen Nacht lässt einen sogar die Musik im Stich. Die Musik kann mir jetzt nichts geben, aber die Stille kann ich nicht ertragen. Ich stehe auf, gehe zum Waschbecken und klatsche mir kaltes Wasser ins Gesicht, lasse den Strahl über die Unterarme laufen. In meinen Augenwinkeln kann ich eine schattenhafte, unregelmäßige Bewegung wahrnehmen. Ich richte meinen Blick auf diesen Schatten und empfinde eine blitzartige, lähmende Leere in mir. Bis ich verstanden habe. Sie sitzt auf dem Teppichboden, beinahe in der Mitte des Zimmers, und regt sich nicht. Obwohl sie um ein Vielfaches kleiner ist als ich, fühle ich mich ihr unterlegen. Sie ist Teil einer Welt, die ich nicht verstehe, aber sie weiß alles über mich. Ich starre sie an und frage mich, was sie antreibt, woher sie ihre Impulse bezieht. Ich bin mir nicht sicher, ob sie meinen Blick erwidert. Das Licht im Zimmer zeichnet ein haariges Insekt mit zahlreichen, langen Beinen, die schneller laufen können, als man es auf Anhieb für möglich hält. Beine, die mit einer Leichtigkeit tragen, und die eine Reaktionsfähigkeit auf jede auch noch so leichte Regung garantieren. Der Garten, die dichten Büsche und das Efeu an der Hauswand sind voll von großen Spinnen wie dieser. Sie überraschen mich immer wieder, denn niemals erwische ich eine dabei, wie sie die Schwelle zu meinem Zimmer überschreitet, immer sind sie schon da, spüren meine Gegenwart, bevor ich sie erblicke. Mir wird klar, dass ich sie töten werde. Sie ist eine Kriegerin auf feindlichem Territorium. Vermutlich ist sie auf der Suche nach einer schützenden Nische oder auf der Jagd nach Beute. Meine Schuhe stehen unter dem Bett, ich greife nach einem, aber als ich mich wieder umdrehe, ist sie verschwunden. Sie weiß es, sie kann meine Absicht ahnen. Die Schlacht hat begonnen. Ich beleuchte das Zimmer mit allen verfügbaren Mitteln, und schließlich entdecke ich sie unter dem Tisch an der Wand. Mit einem Ruck ziehe ich den kleinen Tisch in die Mitte des Zimmers, so dass die Wand kahl vor mir liegt. Die Spinne bewegt sich die Wand entlang, schnell und sicher. Ich verfolge ihren Weg bis zur Ecke hin mit einer fiebrigen Erregung, den Schuh in meiner Hand. Dann gibt es einen Ruck in mir und ich schlage zu. Mit einer Überdosis an Kraft, an Gewalt, an Ekel, an Ekel vor mir selbst. Wieder und wieder schlage ich zu, um schließlich meinen Blick auf die Schuhsohle zu richten und mich zu überzeugen, dass sie nurmehr zuckt, mit einem Bein und zerschundenem Körper. Ein dunkler Abdruck bleibt an der Wand.

Mit dem Schuh in der Hand setze ich mich wieder aufs Bett. Was fängt man mit einer Nacht wie dieser bloß an? Es ist irgendwie ein Kampf gegen die Langeweile, gegen die Zeit und gegen das, was von einem übrig bleibt, wenn man nichts zu tun hat, weil man nichts ist. Vielleicht kann man sogar behaupten, die Schlaflosigkeit ist ein Kampf, ein Verweigerungsmittel gegen den Lauf der Welt. Ich schiebe den Schuh wieder unter das Bett und öffne beide Fenster. Tief durchatmen. Ich würde jetzt gerne behaupten, dass mich der Anblick des nächtlichen Sternenhimmels tief berührt, dass der Garten vor meiner Nase eine beruhigende Wirkung auf mich ausübt oder das Zirpen der Grillen mein Wohlwollen hervorruft. Aber es gibt keine zirpenden Grillen, und der Garten ist eben nicht das Paradies, sondern einfach nur der Garten meiner Vermieterin; mit dem Komposthaufen rechts hinten am Gartenzaun. Und außerdem komme ich mir dabei blöd vor, so sehnsuchtsvoll am Fenster zu stehen. Was ich jetzt brauche, ist Leben, irgendetwas, das mich von mir selbst ablenkt. Ich ziehe mich an und beschließe, spazieren zu gehen. Im Grunde genügt mir schon eine stark befahrende Hauptstraße, um mir den Geschmack von Umtriebigkeit zu vermitteln. Oder man stellt sich vor ein gekipptes Kneipenfenster und hört ein wenig den Lebemenschen zu, wie sie sich amüsieren. Das hilft. Auch die Nachttankstellen ziehen mich an, wie die Straßenlaternen die Falter. Ich hole mir dann was zu trinken, blättere in Zeitschriften, die mich nicht interessieren, stöbere in den Regalen und atme den Duft des Benzins. Die leichte Betäubung, die dabei in mir hochsteigt, bewirkt immer das Gleiche: Beruhigung, Demut, Gleichgültigkeit, eine Art Trost in der Gewissheit, dass die Welt mich nicht wahrnimmt.

Leise schließe ich alle Türen hinter mir ab und taste mich die Kellertreppe hinaus, vorbei an all den schlafenden Autos am Straßenrand. Ein kleiner Weg am Ende der Sackgasse bringt mich zum Kinderspielplatz und zu den Pinkelwiesen für Nachbars Hund. Ich laufe ein wenig. Es geht bergauf. Vorbei an »meiner« Telefonzelle, die ausnahmsweise mal nicht besetzt ist, über die erste größere Strasse weiter in Richtung Einkaufszentrum. Ich bin der Jogger der Nacht, mir gehört die Stadt, und ich will nur mal schauen, was meine Bürgerinnen und Bürger so treiben. Liebe Gemeinde, Parteigenossen, Kameraden, liebe Krabbelgruppe, wie ich sehe, schlaft ihr den Schlaf der Gerechten und gebt eurem Hirten keinen Anlass zur Sorge. Doch halt, was ist das? Ah, das ist nur der Quotenanarchist, der glotzt sich durch die Nacht. Grünlich flimmert das Licht durch den halb heruntergelassenen Rolladen. Es sei gestattet, und das schreie ich ihm auch aus voller Kehle hinauf in den zweiten Stock: »Es sei dir gestattet!« Ich biege schleunigst um die nächste Ecke. Vorbei an den Containern für Altglas.

Ich bin ein untrainierter Läufer, mir geht ziemlich schnell die Puste aus. Ich werde langsamer und langsamer. Vor einem Reisebüro komme ich zum Stehen und ächze meinem Puls hinterher. Ich lehne mich an das Schaufenster und warte. Zwei große Plakate fangen durch die geschickte Beleuchtung meinen Blick ein. Will man den Rest der Auslage sehen oder gar ins Innere des Büros blicken, so muss man schon mit abgeschirmter Stirn seine Nase an die Glasscheibe drücken. Auf einem der beiden Werbeplakate sieht man ein Flugzeug, das in einen Sonnenuntergang hineinfliegt. Aber wahrscheinlich soll das ein Sonnenaufgang sein, denn in der Werbung darf es ja nichts Negatives geben. Auf dem Plakat steht groß der Spruch: »Nie war Fliegen so billig wie heute.« Das Wort »billig« hätte vermutlich nicht jeder Texter durchgehen lassen, weil »billig« etwas verschämt abwertendes hat. Wer nur jetzt fliegt, weil es gerade »billig« ist, der muss es ja nötig haben. Jeder Depp braucht doch die Bestätigung, dass er ein Schnäppchen gemacht hat, die anderen ausgetrickst hat, dass dieses eine Angebot nur ihm gilt, und dass er einen Glückstreffer gelandet hat. Unter diesem Ausspruch stehen die Namen von Städten, verschiedenfarbig durcheinandergewürfelt. Toronto, Dallas, Paris, Tokyo, Casablanca, New York, London, Amsterdam, Peking, Stockholm, Chicago, Johannesburg. Alles Namen, die mir bekannt sind, mit denen ich zwei, drei Dinge in Zusammenhang bringen kann, auch wenn ich selbst nie dort war. Paris habe ich als kleiner Junge angeblich mal durchfahren, aber erinnern kann ich mich nicht mehr dran. Ansonsten klingen die Namen bei mehrmaligem Lesen irgendwie seltsam nach: Stockholm, Chicago, Johannesburg … Es sind nicht nur Städte, in denen ich noch nie war, vor allem, und das ist der Punkt, habe ich das Gefühl, dass es Städte sind, die ich in meinem ganzen Leben nie besuchen werde. Abgesehen davon, dass eine Stadt interessanter sein kann als eine andere und man nicht überall gewesen sein muss, so fühle ich mich doch betrogen bei dem Gedanken, was die Welt alles zu bieten hat und welche Möglichkeiten mir letzten Endes offen stehen. Das gilt nicht nur für Städte oder Länder. Reisen ist vielleicht nur eine Frage der Finanzierung, der Gesundheit und des Wagemuts. Ich werde nie in Burma Tee trinken, nie auf den Seychellen ein Sonnenbad nehmen, mich vermutlich nie in Paris verlieben, oder den Nordpol besuchen. Dafür werde ich auch nicht in New York vergewaltigt oder ermordet, weil ich ein paar Straßen verwechselt habe, aber das ist ein schwacher Trost. Mir fehlt Geld und eine Zukunft. Begrenzung, wohin ich sehe herrscht Begrenzung und Beschränkung. Man lebt immer im Glauben, dass vieles möglich ist, dass man noch Zeit hat, dass es Pläne zu schmieden gilt, die auch in Erfüllung gehen, dass jederzeit das große Glück um die Ecke biegen kann. Was heute noch unmöglich erscheint, wird morgen wahr, ansonsten bleibt uns immer noch die Hoffnung auf übermorgen. In Wirklichkeit sind meine Möglichkeiten näher an Null als an Unendlich. Wie viele Freundschaften schließt man denn im Leben? Wie viele Frauen lernt man lieben? Wie viele Wohnorte stehen mir offen? Wie hoch sind meine Chancen, einen Job zu finden, der mir mehr gibt als nur Geld? Und wie hoch ist die Wahrscheinlichkeit, geistig und körperlich gesund bis ans Ende zu gelangen?

Wie viele Bücher kann ich lesen, wie viele Filme sehen, wie viel Musik erleben? Wie viele Neigungen und Interessen kann ich ernsthaft verfolgen und ausleben? Wie viel Wissen und Verständnis über die Welt und ihre Vorgänge kann ich mir aneignen und anwenden? Null, keine, nichts. Es ist lächerlich. Man hat nur ein Leben, und jeder Tag ist zu kurz. Ich fühle mich verarscht, verlacht und verspottet, angespuckt, in den Dreck geworfen, vertrieben und verjagt. Im Gegensatz hierzu scheint die Menge an Enttäuschungen und Leiden unendlich zu sein. Diese Nichtigkeit, diese Sinnlosigkeit von allem und jedem, dieser Pesthauch des Todes, der in jedem Atemzug von uns liegt. Der Mensch ist ohne Bedeutung. Was er tut, will, sich wünscht, wovor er Angst hat. Alles ohne Bedeutung. Was in uns vorgeht, was uns bewegt, dieses Etwas, das wir für uns selbst halten, ist eine aufgeblasene Einbildung. Die Illusion, Möglichkeiten zu verlieren, verunsichert mich. Denn da ist nichts, was mich auffängt. Das ist der Abschied von der Kindheit, denn damals dachte ich, mir stünden alle Türen offen. Stattdessen wird alles undurchsichtiger. Man verliert die Übersicht. Ich kann manchmal spüren, dass ich kurz davor bin, verrückt zu werden. Ein winziger Draht im Gehirn schmort durch und es macht »zack«. Vielleicht hat der Kurzschluss im Kopf schon längst stattgefunden, und ich habe es nicht einmal bemerkt. Vielleicht habe ich ja einen geistigen Schaden. Ich bin nur ein dahergelaufenes Arschloch. Aber es wird Zeit, Entscheidungen zu treffen. Meine Knochen tragen das Alter der Erde in sich. Ich fühle mich so alt, so unvorstellbar alt. Ich konnte mir niemals vorstellen, über zwanzig Jahre alt zu sein. Mit vierzehn dachte ich, dass das Leben mit achtzehn ganz anders sein würde, intensiver, aufregender, freier, wilder, erlebnisreicher, einfach schöner und lebenswerter. Als ich dann tatsächlich achtzehn war, wartete ich auf den Knall. Im Grunde warte ich noch heute darauf. Ich bin leer. Ich habe keine Erfüllung gefunden, nicht eine Spur davon. Sie schien in der Luft zu schweben, aber sie konnte keinen Platz in meinem Leben finden. Ich hatte immer geglaubt, dass ein Leben ein Ziel haben muss, auf das es sich hinbewegt, einen Schwerpunkt oder einen Wesenszug, der sich über die Jahre hinweg nachvollziehen lässt. Aber jeder Tag beweist mir, dass es kein gehaltvolles »Etwas« braucht, um älter zu werden. Die Tage vergehen einfach, das ist alles. Den meisten Menschen ist das egal. Ich bin auf dem Weg dazu. Was ich als Vierzehnjähriger nicht leben konnte, werde ich auch als Vierzigjähriger nicht leben können. Wenn ich mich anstrenge, dann kann ich im Gesicht eines Fünfzigjährigen einen kleinen Jungen von zwölf entdecken. Ich kann mir ausmalen, wie er sich gefreut hat oder wie er beleidigt ausgehen hat. Auf der anderen Seite steckt bereits der alte, verlebte Mann in ihm, und ich sehe bereits die Stellen, an denen die Runzeln und Falten ihren Platz finden werden. Bei der fünfunddreißigjährigen Frau fällt mir das kleine Mädchen ein, das auf seine etwas unbeholfene Art dem Ball hinterherläuft, der auf die Straße zu rollen droht. Und ich sehe die alte Frau mit ihrem Lächeln, wenn sie mit ihrem Mann im Schein der Nachmittagssonne spazieren geht und den spielenden Kindern zuschaut. Mir kommt es vor, als könnte ich die gleiche Wehmut empfinden, die der alte Mensch zwangsläufig in sich aufsteigen spüren muss, wenn er erkennt, dass sein Leben unerbittlich dem Ende entgegenläuft und es Zeit wird, abzurechnen. Die Erinnerung an ein Leben drückt die Waagschale gnadenlos nach unten, während die Zukunft ganz leicht und durchsichtig wird. Eine Zukunft ohne mich. Vielleicht wäre es besser gewesen, man hätte mich abgetrieben, so wie es geplant gewesen war. Eines Tages nahm mich meine Tante beiseite und erzählte es mir. Sie meinte, ich sei alt genug, um es zu verdauen, und sie glaubte, ich hätte ein Recht darauf, es zu erfahren. Dass es nicht so gekommen ist, habe ich der Nachlässigkeit meiner Erzeuger zu verdanken. Die Unfähigkeit, etwas zustande zu bringen, muss wohl schon immer ein ausgeprägtes Merkmal meiner Familie gewesen sein. Chaos, so lautete die Beschreibung meiner Tante für den Lebenswandel meiner Eltern und deren soziales Umfeld, das wohl eher ein asoziales Umfeld gewesen sein muss. Mein Vater scherzte im Suff einmal, ich sei versehentlich wie ein zu großer Furz durch die Arschbacken meiner Mutter zur Welt gekommen. Ausgeschissen habe sie mich, und vergessen, hinunterzuspülen. Ich weiß es nicht, ich will es nicht mehr wissen. Es spielt heute keine Rolle mehr. Ja, vielleicht wäre es besser gewesen, man hätte mich durch den Absaugeschlauch direkt zum Teufel geschickt, als mich in der Vorhölle auszusetzen, mit all den anderen armen Schluckern. Hinabsteigen in die Grube, verbrennen, verwesen und vergessen werden muss ich ja ohnehin. Warum das Vorspiel? Warum nicht gleich zum Höhepunkt kommen? Meine zahllosen Geschwister starben in einem Papiertaschentuch, aber mich hat es erwischt. Namenlos ist, was ich bin. Und Namenlosen macht man keine Geschenke, denn Geschenke werden von ihnen nicht angenommen. Warum sind Frauen so scharf darauf, zu gebären? Es wäre besser, sie gingen ungeöffnet zurück an den Absender. Wie mag sich mein Leben wohl für einen Außenstehenden darstellen? Man könnte glauben, ich lebe das Maximum meiner persönlichen Vorlieben aus. Meine

Arbeit belastet mich kaum, und mit dem Rest meiner Zeit kann ich tun oder lassen, was ich will. Aber die Welt dreht sich nicht nur um das nächste Fest, auch wenn ich es mir so eingerichtet habe. Über Lügen dieser Art stolpert man schnell. Manchmal war ich selbst fast so weit zu glauben, dass mir dieses Herumstreunen Spaß macht, dass es toll ist, so oft wie möglich auszugehen und sich dem Rausch zu ergeben. Ich war so weit zu behaupten, ich fühle mich wohl in dieser Art zu leben. Aber das ist gelogen. In Wahrheit ertrage ich keinen Laden ohne Alkohol, so wie ich kaum einen Tag ohne Alkohol ertrage. Die Leute, die sich in den Clubs versammeln, ertrage ich im Grunde überhaupt nicht. Ich lebe in einer beständigen Lüge. Schaue ich mir dieses Schlachtvieh an den Bars, an den Tischen und auf den Tanzflächen an, habe ich den Eindruck, ich schaue der Dummheit der Menschheit direkt ins Gesicht. Ich bin ein Verbarrikadierungsfanatiker. Keine Spuren hinterlassen, so zu leben ist mein Ideal. Das Negative herauszufiltern ist mein Instinkt, keine absichtliche Haltung. Die Scheiße kam mir immer ins Gesicht gesprungen. Komme ich irgendwohin, fällt mir als erstes auf, was schlecht ist, was stört, was fehlt. Der Hang zum Destruktiven ist eine Leidenschaft, die mich gefangen hält. Wenn man behauptet, dagegen zu sein, egal wogegen, liegt man erfahrungsgemäß richtig. Jahrelang habe ich mich bemüht, irgendwo Fuß zu fassen, Anschluss zu finden, mich einzunisten, etwas genießen zu können, einfach so, ohne deswegen grundsätzlich gedankenlos zu sein. Es ist mir nicht gelungen. Ich bin der Idiot vom Dienst. Ich bin der, der in der Ecke steht mit dem »ja, aber« auf der Zunge. Ich habe Fleischerhaken im Lein. Zerrissenheit liegt mir wie ein Stein im Magen. Im Grunde gibt es mich gar nicht. Ich bin ein einziger großer Widerspruch.

Ich bin ein Knäuel aus Handlungen, Wünschen, Erinnerungen, Enttäuschungen, Kraftlosigkeit, Perspektivlosigkeit, Ahnungslosigkeit, Naivität, Mitläufertum, Anschlussverzweiflung, Eigenwilligkeit, Widerstandslust, Destruktivitätsfaszination, Mutlosigkeit, Lebensgier, Vergnügungssucht, Genusssucht, Narrenweisheit, Neugierde, Entdeckungslust, Wissbegierde, Negation, Hass, Selbsthass. Ich dachte immer, dass Klarheit und Zielstrebigkeit wie von selbst vom Himmel fallen und zunehmend mein Leben bestimmen würden. Stattdessen wird alles komplizierter, verwickelter, strukturloser, sinnloser. Ich kann keinen Rahmen, keine Ordnung, keine Zusammenhänge mehr sehen. Alles ist Chaos. Ja, es ist an der Zeit, Entscheidungen zu treffen, darüber, welchen Dingen ich einen Wert zuschreibe und welche ich wegschmeiße. Man muss gnadenlos aussortieren oder an Verwässerung verrecken. Man muss lernen, wie man auswählt. Ich will brennen, wenn es sein muss verbrennen. Ich will explodieren, mich auflösen, ausgelöscht werden. Ich bin klein, so schwach, und meine Einsichten sind nicht von Dauer. Was habe ich nicht schon alles an Entschlüssen gefasst, Vorhaben angefangen und aufgegeben. Pläne in allen Einzelheiten ausgearbeitet, nur um sie nie zu verwirklichen, sie einfach wegzuschmeißen und zu vergessen. Scheiß drauf. Sprachlosigkeit ist mein Zustand. Ich habe zu all dem nichts zu sagen. Ich sitze mitten unter Leuten, am Tisch mit den anderen, trinke und höre zu. Schweigend. Ich bin das Maß der Dinge.

Die Tankstelle liegt trügerisch still, keine dreihundert Meter mehr entfernt. Ich steuere zielstrebig darauf zu. Dieses Neonlicht an allen Ecken und Ende hat etwas Befremdliches an sich. Etwas von einem Museum oder von einem Grab. Tempel voll Plastik, Stahl und Glas. Die Tankstelle als

Grabkunstwerk von morgen und im Mittelpunkt die wöchentlich wechselnden Namen an den früheren Preisschildern. Daten eines verbleiten Lebens. Und zur Erinnerung daran, dass alles seinen Preis hat. Die eingeäscherten Leichen werden durch die Auspuffrohre in die Luft geschickt, und jede Zapfsäule ist ein einarmiger Bandit mit einer Urne als Inhalt.

Die Schiebetüren sind verriegelt. Wer mitten in der Nacht noch etwas haben will, muss sich am Drehschalter melden. Der Typ hinter der Glasscheibe schaut mich an. Ich habe keine Ahnung, was genau ich haben möchte. Trotzdem sage ich mit tiefer, sicherer Stimme und einem Tonfall absoluter Selbstverständlichkeit: »Vier Dosen Jever, eine Tafel Schokolade Pfefferminz, eine Tüte Gummiwürmer und eine Packung Streichhölzer. Bitte.« Schon nach wenigen Augenblicken liegt alles vor meinen Augen hinter der Drehscheibe. Der Typ tippt alles in die Kasse und nenne mir einen Preis. Obwohl ich selbst an einer Tankstelle arbeite, lösen andere Tankstellen nichts in mir aus. Ich identifiziere mich nicht damit, es gibt außerhalb der Arbeitszeit nichts, was mich damit verbindet. »Ich« ist dann ein anderer.

Die Rollen sind vertauscht, ich der Kunde, der endlos im Geldbeutel stochert, um sein Kleingeld loszuwerden. Ich lege das Geld passend in die Vertiefung. Eine kurze Handbewegung später liegen die Sachen vor mir. Ich stopfe die Dosen in meine Jackentaschen, die Streichhölzer und die Gummiwürmer auch. Augenblicklich knacke ich die Schokolade und verabschiede mich. Ich kenne eine Bank hier in der Nähe. Ein paar Wohnblocks noch, am Rande eines Kinderspielplatzes. Ich setze mich auf die Lehne, die Füße auf der eigentlichen Sitzfläche, und schlinge den Rest der

Schokolade hinunter. Dann öffne ich die erste Dose. Die Gummiwürmer werfe ich einzeln über den Spielplatz in den Sand. Hier bin ich wieder. Ich werde hier warten und sitzen, bis die Sonne aufzugehen droht oder die Vögel den kommenden Tag in einer Lautstärke ankündigen, die ich nicht mehr ertragen kann.

Ein Streichholz folgt dem anderen, entzündet sich, glüht auf und verbrennt. Zurück bleibt ein verkümmert-verkrümmt-verkohltes Etwas. Das letzte entflammt die entleerte Packung. Aus und vorbei.

»I feel stupid and contagious«*

Wer sich über zehn Jahre nach seiner Erstveröffentlichung mit dem »Notausgang« beschäftigen möchte, dem helfen vielleicht ein paar Hinweise zur Entstehung, um den Text in den richtigen Kontext setzen zu können.

Das Buch war Anfang März 2002 erschienen, und nicht wie im damaligen Impressum angegeben 2001. Das Datum war für mich von Bedeutung, weil es kurz vor meinem dreißigsten Geburtstag lag, und ich mir unbedingt eine Buchveröffentlichung vor diesem Lebensjahr auf die Fahne schreiben wollte.

Der Text war 1996/97 in seiner ersten Endfassung entstanden, ging naturgemäß anschließend in mehrere Überarbeitungen.

Die Ursprünge jedoch reichen in den Sommer 1994 und 1995 zurück als ich 22 bzw. 23 Jahre alt war.

Kurt Cobain hatte sich gerade selbst erschossen und jeder spürte, dass damit etwas zu Ende gegangen war. Der Hit des Sommers, »Loser« von Beck, wurde auf MTV hoch und runtergespielt. Die Love Parade und Techno waren zum Massenphänomen avanciert und das Internet steckte noch in seinen Kinderschuhen. Man wusste nicht so genau, was davon zu halten war. Die wenigsten im Bekanntenkreis

---

* *Zitat: Textzeile aus dem Song »Smells like teenspirit« von Nirvana, 1991*

konnten schon persönliche Erfahrung damit vorweisen, die im Netz verfügbaren Seiten waren Textwüsten und brauchten ewig zum laden. In der Rückschau bilde ich mir ein, das Angebot war so überschaubar, dass es sich an ein paar Händen abzählen ließ. Auch der Besitz eines Mobiltelefons war noch keine Selbstverständlichkeit, sondern eher etwas für Wichtigtuer. Es konnte überall geraucht werden. Und, ja, es wurde noch mit DM bezahlt.

Ich hatte nach meinem Zivildienst eine Zeit lang an einer Tankstelle gearbeitet, allerdings nur nebenberuflich zwei Abende die Woche und manchmal am Wochenende. Und ich wohnte für ein paar Monate in einem feuchten Kellerzimmer, das ich wegen eines Baufehlers bei der Regenwasserführung schließlich fluchtartig verlassen musste, da nach einem sehr starken Gewitter der ganze Keller buchstäblich voll Wasser lief. Etwas Besseres war während einer Ausbildung zum *Buchhändler* einfach nicht drin. Und lieber hätte ich wieder bei meinen Eltern gewohnt als in eine WG zu ziehen. Das Geld war sehr knapp, die Sommer heiß und das Gefühl, nicht zu wissen, wo man hingehörte, allgegenwärtig. Sich mit Becks »Loser« zu identifizieren wurde einem leicht gemacht.

Sieht man davon ab, dass die Strukturierung des Buches ein unsäglicher Kampf war, ging es beim Schreiben dieses Buches um zwei Dinge:

1. Mit den Mitteln, die mir mit meinem damaligen Erfahrungshorizont zur Verfügung standen, einerseits mein Lebensgefühl auszudrücken und auf den Punkt zu bringen und andererseits

2. eine Standortbestimmung vorzunehmen. Und zwar in erster Linie durch Abgrenzung, Ablehnung, Negation und waghalsige Behauptungen oder Thesen, die umso glaubhafter klingen sollten, je vehementer und cooler man sie von sich gab. Bei der erneuten Durchsicht des Textes war jedenfalls entweder irritiertes Kopfschütteln oder hämisches Gelächter angesagt.

Diese Standortbestimmung ist meiner Meinung nach etwas ganz Existenzielles im Leben eines jeden Menschen und daher losgelöst von einer rein autobiographischen Geschichte. Aus dem subjektiven Erleben wird eine objektive Erfahrung, die Allgemeingültigkeit besitzt. Wegen dieser existenziellen Note halte ich »Notausgang« auch heute noch für eine lohnenswerte Lektüre. Hätte ich die Tankstelle zu einem Supermarkt und das Kellerzimmer zu einer Einzimmerwohnung machen sollen, um persönliche Spuren zu verwischen? Ich fand das unnötig. Im Umkehrschluss soll das aber nicht heißen, dass der Text reine Autobiographie ist. Das wäre in der Tat ziemlich lahm und würde schlicht die Freude am Erfinden, Lügen, Verdichten, Übertreiben und Phantasieren unterschlagen.

Der Versuchung, Änderungen vorzunehmen, habe ich, bis auf Kleinigkeiten widerstanden. Ausnahme ist die Szene, in welcher die namenlose Hauptfigur die Waffe einsteckt und mitnimmt. Die Stelle war im Originalmanuskript enthalten, aber von Boris Kerenski, einem von drei Lektoren, die »Notausgang« bearbeiteten, gestrichen worden. Die Besprechung des Lektorats fand in einer Pizzeria statt, ungefähr vierzig Minuten bevor ich meinen ersten Vertrag unterschreiben sollte – da blieb keine Zeit für Diskussionen.

Der Text sollte ursprünglich »Neunziger Sinnlos« heißen und in meiner Phantasie im Jahr 1999, also noch kurz vor der Jahrtausendwende, erscheinen. Daraus wurde aber nichts. Nach zahllosen Absagen war, trotz des Phänomens »Popliteratur« im Mainstream, erst mit dem Aufkommen der »Social Beat«-Bewegung, den ersten Poetry Slams und der Neugründung zahlreicher kleiner Verlage zwischen 1996 und 2000 ein Klima entstanden, in welchem der Text eine Chance bekam. (Über genaue Daten innerhalb dieser Bewegungen zu diskutieren ist müßig. In meiner persönlichen Wahrnehmung tauchten beide Phänomene jedenfalls erst Ende der Neunziger auf.) Plötzlich fand Literatur auch in der Kneipe nebenan statt. Philipp Schiemann, Jan Off oder Bdolf waren für mich Autoren der Stunde und Helden zum Anfassen gleichermaßen.

Mit dem Kontakt zum Lautsprecherverlag und dessen Begründer Johannes Finke, dem Kennenlernen anderer, blutjunger Debütant(inn)en, gar der ersten öffentlichen Lesung, wurde jedenfalls ein neues Kapitel aufgeschlagen, von dem vielleicht ein anderes Mal die Rede sein soll.

Ich danke Johannes Finke für die Erstveröffentlichung und die Freigabe der Rechte.

Besonderen Dank an Andreas Köglowitz, der mir half, den »Notausgang« noch einmal sichtbar zu machen.

Meine Verbundenheit gilt ausserdem Frank Dietrich und Ulrike Seeber für die Covergestaltung und Christian Ritter für das Lektorat.

Stefan Kalbers, Stuttgart, Februar 2013

Zur Wiederveröffentlichung der Erzählung »Notausgang« von Stefan Kalbers

Von Johannes Finke

Als Stefan Kalbers mich bat, einen kleinen Text zu schreiben, welcher der Neuausgabe seiner vor langer Zeit im Lautsprecherverlag erschienen Erzählung »Notausgang« nun vorangestellt oder nachgesetzt werden könnte, überkam mich ein sonderbares Gefühl von Wehmut und nostalgischer Verklärung. Abgesehen davon war ich berührt von der Geste und sofort gewillt, dem Wunsch zu entsprechen und ein paar Zeilen zu schreiben, die Wesen, Werk und Wille des großartigen Autors Stefan Kalbers beschreiben und darüber hinaus die wichtige Wiederveröffentlichung von »Notausgang« in etwas einbetten, das man vielleicht als Kontext bezeichnen könnte.

»Notausgang« ist ein Zeugnis der Neunziger Jahre. So wie der Lautsprecherverlag an sich. Ein Kind der gelangweilten oberen Mittelschicht mit dem unbändigen Drang, die Welt zu retten. Oder einfach nur cool zu sein. Oder es anders zu machen als unsere Eltern. Von ›besser machen‹ konnte keine Rede sein. Wir wollten indie sein wie Dischord Records und kult wie City Lights, rauh und männlich wie Bukowski oder Rollins, lyrisch verworren wie Brinkmann, melancholisch wie Hesse, brutal wie Bret Easton Ellis, besser als Techno und größer als Nirvana. Die Neunziger hatten ihre Helden gefressen, noch ehe die Mitte des Jahrzehnts angebrochen war. Und dann kamen wir.

Philipp Schiemann (bei der Gelegenheit muss kurz erwähnt werden, dass Schiemann aus dem direkten Umfeld den vielleicht größten Einfluss auf Stefan, vielleicht auf uns alle, hatte) sagte mal: »Die 80er wollten kalt sein. Die 90er waren es.« In »Notausgang« ist sie spürbar, diese Kälte. Und Kalbers Protagonisten sind eigentlich dann auch nur auf der Suche nach Wärme. Ein schweres Unterfangen. Letztendlich stellt man fest, dass man Wärme nicht finden, sondern nur selbst erzeugen kann. Am besten mit Reibung. Und wenn man zuviel reibt, dann fängt es an zu brennen und dann hat man etwas konkretes. Denn der schlimmste Schmerz ist jener, den man nicht zu benennen, nicht zu orten in er Lage ist. Vielleicht ein Wesensmerkmal unserer Generation. Also halten wir gegen. Mit aller Kraft. Schaffen unsere eigenen Werte und versuchen uns ständig neu zu erfinden. Doch etwas von dem, was damals war, bleibt uns bis heute erhalten. Die Erinnerung. Der unbändige Drang zu schreiben. Die Freundschaft. Die Loyalität gegenüber einer Sache, die mittlerweile zuweilen mythisch verklärt wird.

Wie weit diese Loyalität ging, merkte ich, als Stefan mich vor nunmehr zwei Jahren nach einem Modus fragte, der es ihm ermöglichen könne, »Notausgang« nochmal bei einem anderen Verlag zu veröffentlichen und ob das für mich in Ordnung gehen würde. Da ich zu diesem Zeitpunkt die Rechte an Jan Offs Debutroman »Ausschuss« bereits für viel Geld an den leidigen Ventil Verlag verhökert hatte, schien es mir nun nur recht und billig, das Ganze unkompliziert abzuwickeln. Denn »Notausgang« ist nun mal ein Buch, das gelesen werden muss. Und dazu haben bzw. hatten sie ja nun die Gelegenheit und ich hoffe, Ihnen ging es ähnlich wie mir, als ich Stefans Manuskript zum ersten Mal in den Händen hielt und lesen durfte.

Ich hätte in diesem Text sicherlich schreiben könne, was für eine Zeit das war, damals, als der Lautsprecherverlag sich anschickte, die Subkultur unseres Landes, ach scheiß drauf: die Kulturunseres Landes etwas bunter zu gestalten. Und natürlich auch die Literatur. Und die Popkultur. Und die Stadt Stuttgart. Und ein paar Leben. Als wir alle die ersten Lesungen und Lesetourenabsolvierten, wild und rau, oftmals wie eine Band, nur ohne Instrumente, aber eben so laut. Als keiner wirklich Ahnung hatte was das ist, die Literatur, der Literaturbetrieb, ein Barsortiment, ein Buchhandelsvertreter. Ich hätte in diesem Text schreiben können, wie cool wir waren, anders, wie wenig altbacken im Vergleich zu dem, was sich zeitgleich in der Literatur ›pop‹, ›alternativ‹ und ›underground‹ schimpfte, doch das würde dem nicht gerecht werden. Denn auch wenn wir es vielleicht waren, wir wollten es nie sein. Man ist es oder ist eben nicht.

Und ich? Ich lebe heute in Berlin, bin verheiratet mit einer wunderschönen feministischen Autorin, bin Mitbesitzer einer Szene-Bar und Mitherausgeber eines kleinen Magazins. Im Sommer veröffentliche ich zum ersten mal Kurzprosa beim altehrwürdigen Suhrkamp Verlag und diesen Text schiebe ich ein, während ich am indischen Ozean sitzend an meinem Epos »Wie ich mit der goldenen Riskha von

Don Yoga die Liebe zurück nach Goa brachte« schreibe. Ich bin all das was ich sein wollte. So ungefähr. Es ist noch lange kein Bedarf für eine Exit-Strategie in Sicht. Nicht so lange Verlage publizieren, was wir schreiben.

Danke für alles, lieber Stefan. Auf dass dieses Buch noch einmal ein paar Leser findet, die es verdient.

Johannes Finke

Inhalt

STEFAN KALBERS
FLECKEN